U0058513

博物館偵探 2

SHERLOCK BONES

骨爾摩斯

沼澤妖怪的傳說

博物館偵探 2

SHERLOCK BONES 骨爾摩斯

沼澤妖怪的傳說

文．圖／芮妮．崔莫（Renée Treml）
譯／謝靜雯

獻給獨一無二的尼夫雷克（Nivlac），
又名卡爾文（Calvin）。

史博物館
到海岸
到雨林
見見我們
的神偷
來我們的文化
我們的世界裡
散個步吧

我們的園丁鳥
是個收藏家
來看看牠
今天找到了什麼
來參觀雨林生態吧！

雨林生態

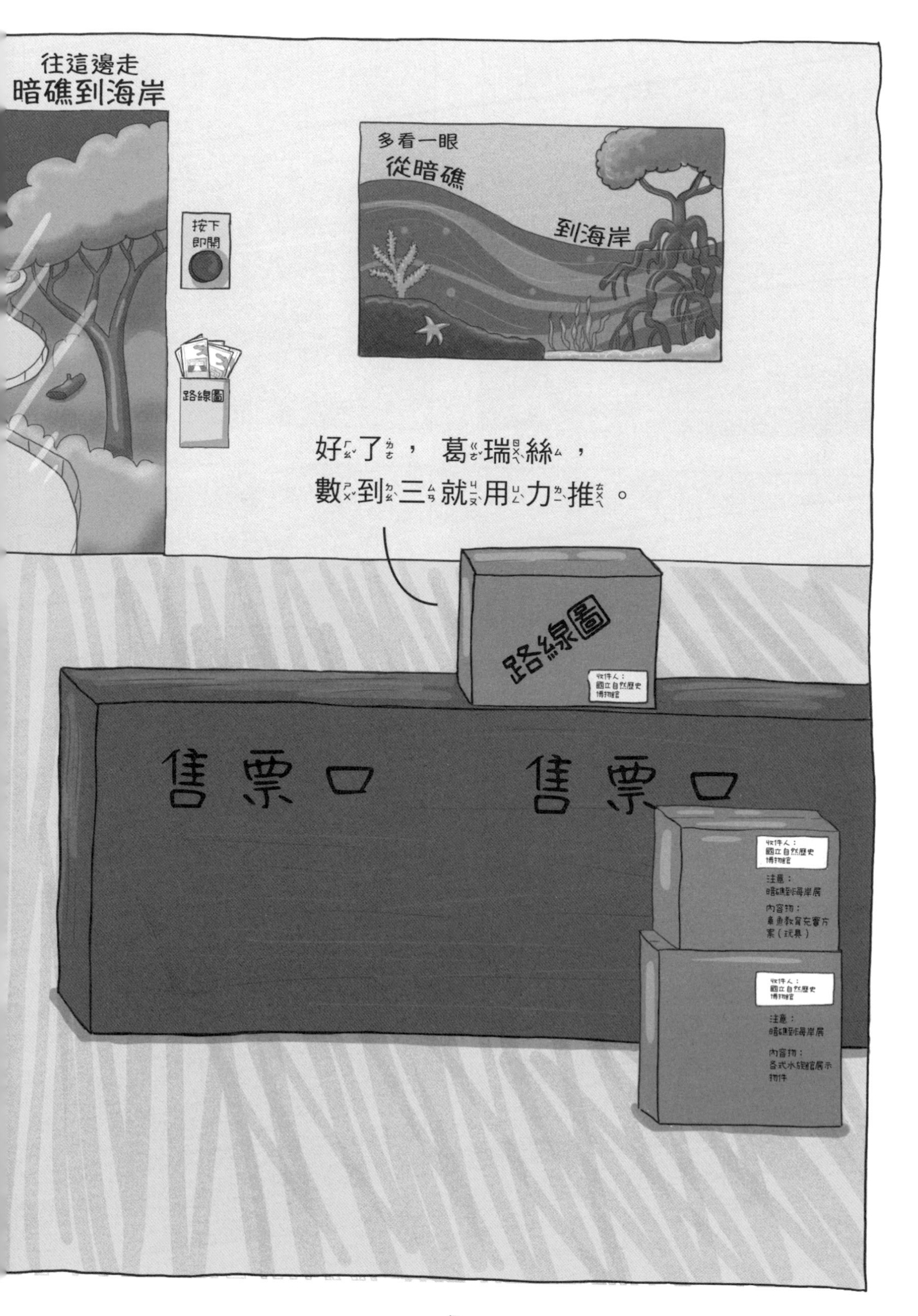
往這邊走
暗礁到海岸
多看一眼
從暗礁
到海岸
按下
即開
路線圖
好了，葛瑞絲，
數到三就用力推。
路線圖
收件人：
國立自然歷史
博物館
售票口　售票口
收件人：
國立自然歷史
博物館
注意：
暗礁到海岸展
內容物：
章魚教育充實方案（玩具）
收件人：
國立自然歷史
博物館
注意：
暗礁到海岸展
內容物：
各式水族館展示物件

葛瑞絲，還沒！
路線圖
收件人：
國立自然歷史
博物館

我是說，數到三。
路線圖
收件人：
國立自然歷史
博物館

葛瑞絲別再推了！
路線圖
收件人：
國立自然歷史
博物館

可是骨爾，你剛剛說了「三」啊！
路線圖
收件人：
國立自然歷史
博物館

葛瑞絲我根本還沒開始數。
路線圖
收件人：
國立自然歷史
博物館

只要跟著華茲做就好，她知道什麼時候該出力。
嗯！
路線圖
收件人：
國立自然歷史
博物館

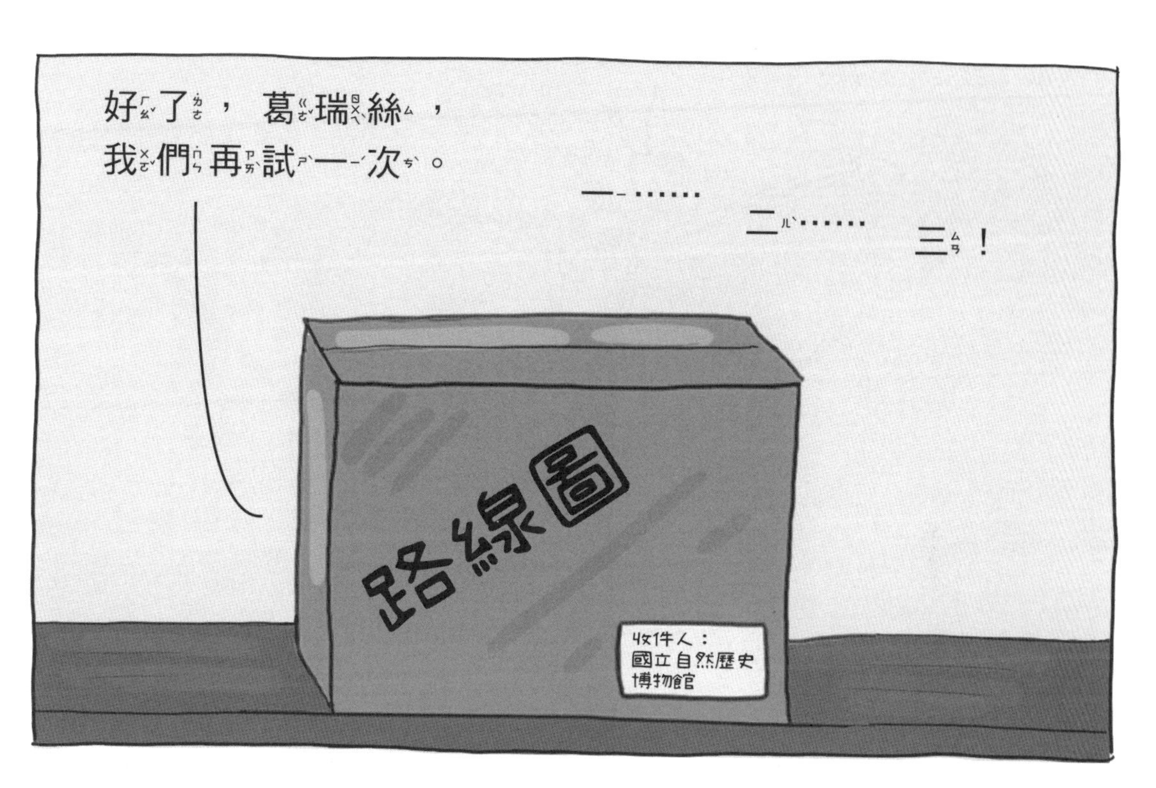
好了，葛瑞絲，
我們再試一次。
一……
二……
三！
路線圖
收件人：
國立自然歷史
博物館

葛瑞絲！
你為什麼
不推——
路線圖
收件人：
國立自然歷史
博物館

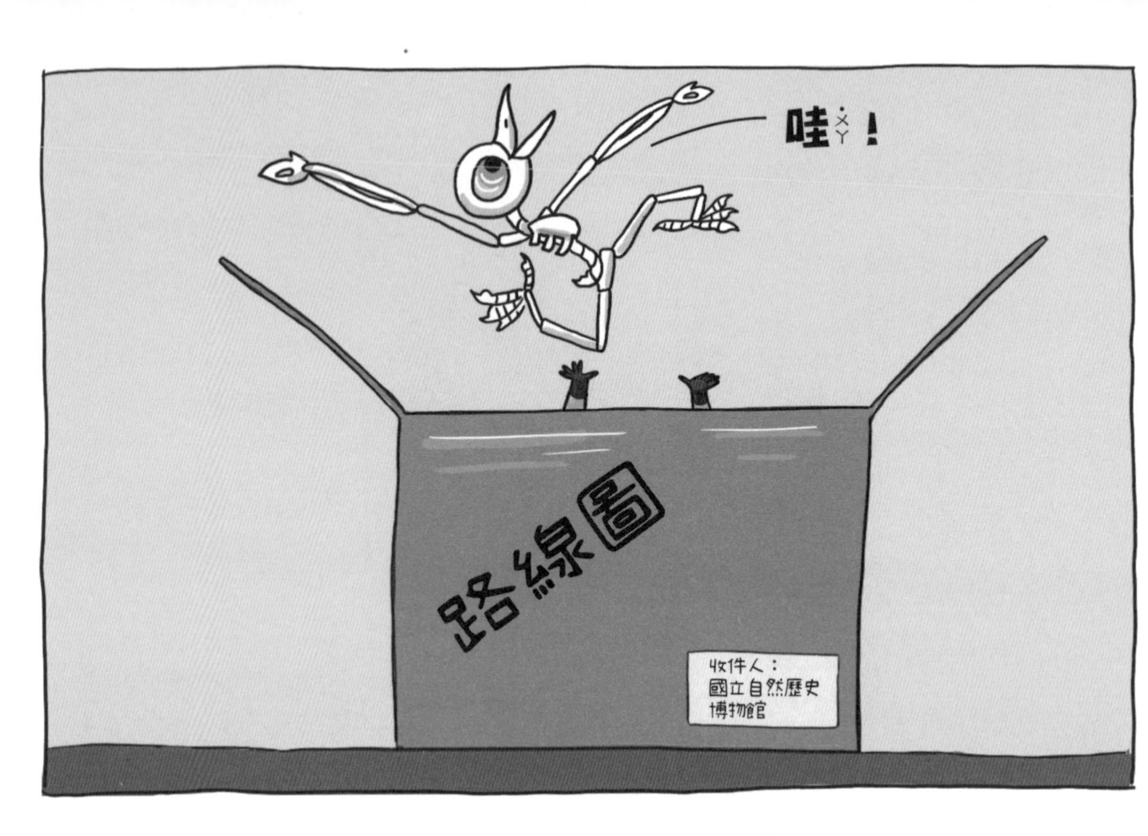
哇ㄨㄚ！
路線圖
收件人：
國立自然歷史
博物館

喔ㄛ，哈ㄏㄚ囉ㄌㄨㄛ！
路線圖
收件人：
國立自然歷史

我是骨爾摩斯
是這間博物館裡
專門破解謎團的
超級巨星
之一。

你問我為什麼在箱子裡？
嗯，我想拿一張全新的博物館路線圖給你看啊。

我也有幫忙喔！

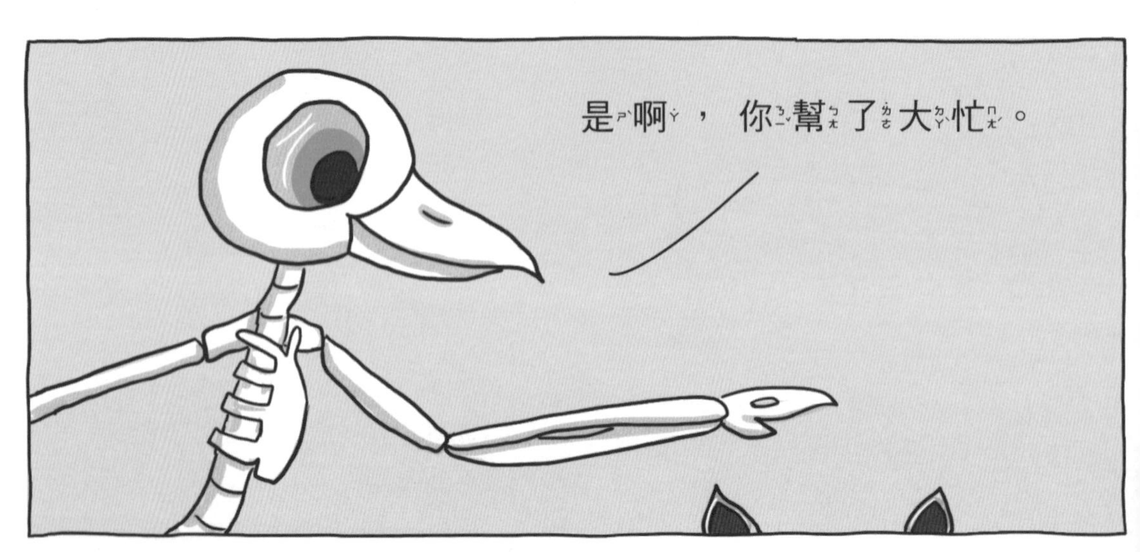
是啊，你幫了大忙。

她說的「幫忙」，
指的是害我們被卡在
這個箱子裡……

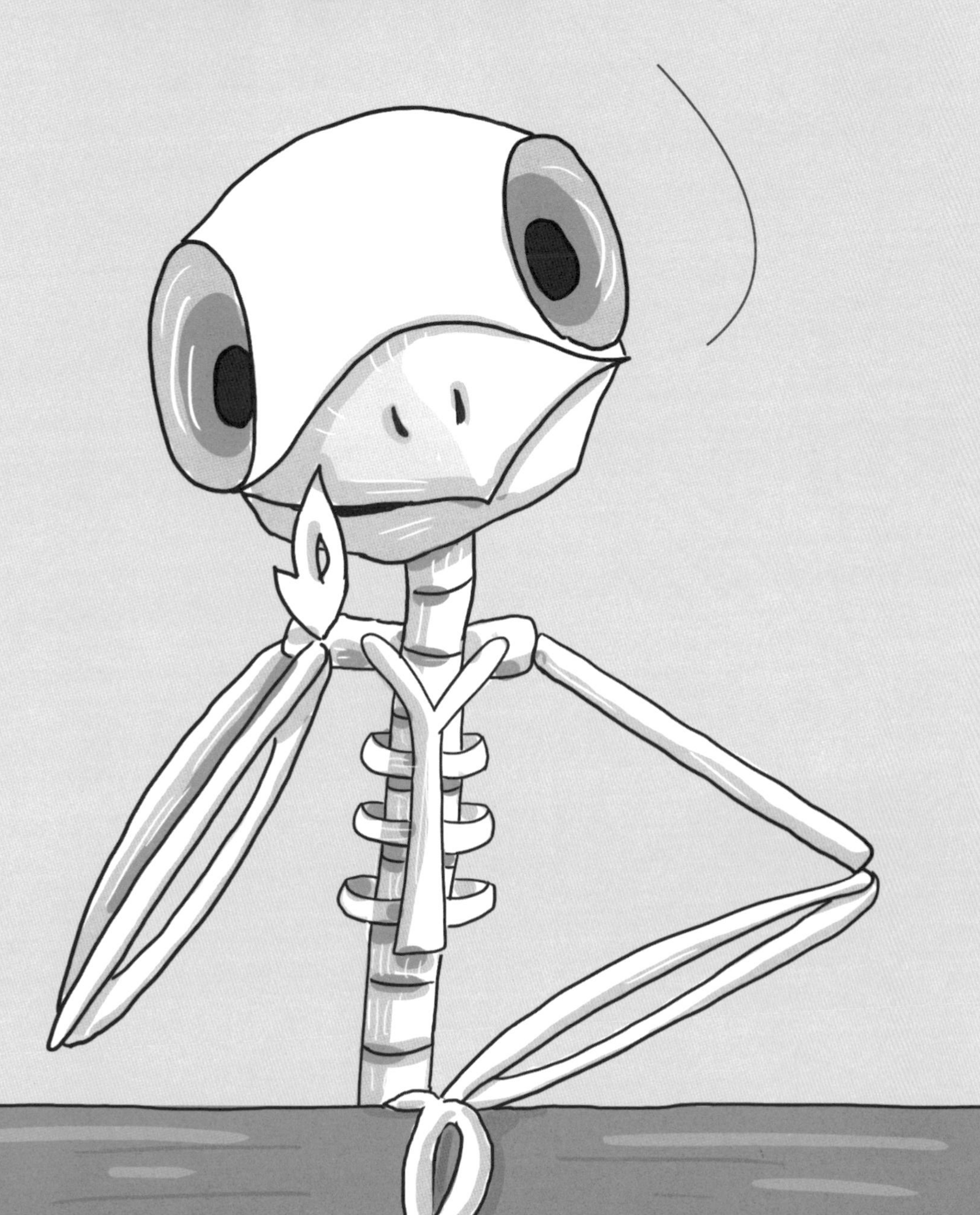

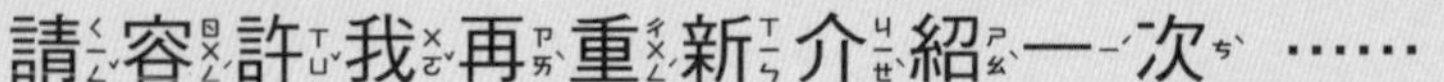
請容許我再重新介紹一次……

我叫骨爾摩斯
是這間博物館裡
專門破解謎團的
超級巨星
之一。
這兩位是我的
最佳搭檔……

華茲……

……還有葛瑞絲。

喂喂……葛瑞絲。

我們正在自我介紹。

路線圖

收件人：
國立自然歷史
博物館

喀滋、喀滋。
哞，嘛莫！
（喔，哈囉！）

這些花生有些受潮了。

那是因為，這是包裹用來緩衝的保麗龍，不是花生。
它們只是需要沾點巧克力或是花生醬。

華茲你說什麼？
有新的笑話？

說來聽聽看！

喔！喔！
是不是關於企鵝晒傷的那個？
我好愛那個笑話！

華茲抱歉，也許你應該講另一個。

喔！喔！
是不是關於——

講吧，華茲。

哈哈哈哈！

又是一個好笑話，華茲！

好了，各位先生女士，
以及各位男孩女孩……
紅樹林

睜大你們的
眼睛吧！
紅樹林

瞧瞧這個！
這間博物館剛蓋了一個
全新的側廳，
裡面的展覽都是新的！

歡迎光臨寒舍——最棒的博物館，汰舊換新，閃亮登場。

國立自然歷史博物館

暗礁到海岸

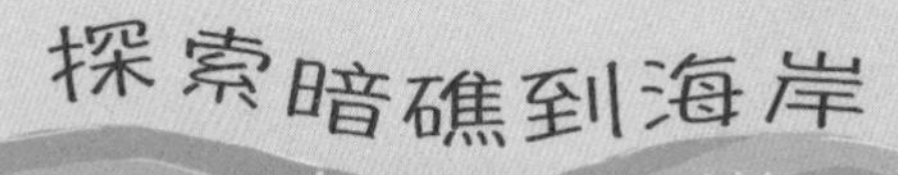

恐龍完全過譽了。

散步

強大的中生代時期

主廳

說真的，當展覽裡有茶色蟆口鴟骨骸，誰還需要恐龍？我就在這裡展出唷。

現在又可以看到皇家藍鑽。

生物多樣性

岩石&礦物區

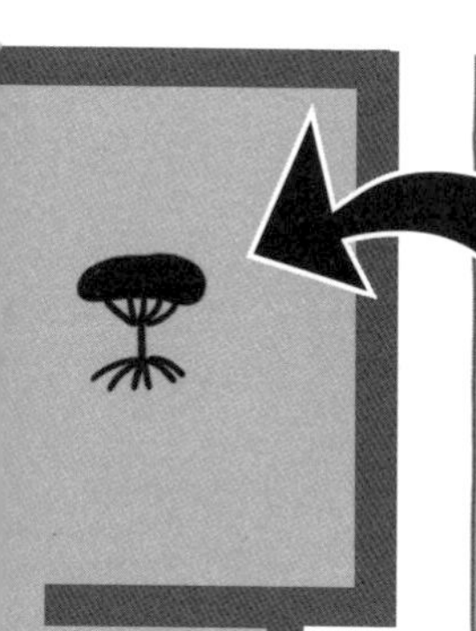

噠啦！就在這裡！

全新的「暗礁到海岸」展覽，主題是紅樹林、魚類和一堆活生生的酷動物——有些甚至可以摸呢！

（可是鯊魚不行，絕對不能拍打鯊魚。）

雨林
生態

我們的文化
我們的世界

注意這個空間，很快就會推出很酷的新展覽。

令人發毛、
爬來爬去的

既然我們在博物館有活體水族館了，這裏應該改叫「死掉的海洋生物」。

蝴蝶園

海洋
生物

大廳
問處
念品店

迷你獸

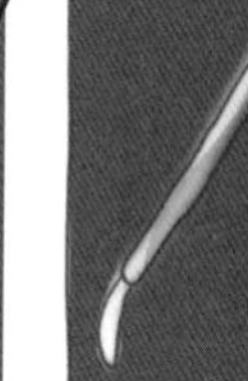

蜘蛛＝令人發毛

就這樣？
這就是你說的驚喜？
這些我早就知道了啊。

你當然早就知道了，可是讀者不曉得啊。
喔……這點我當然知道啦！

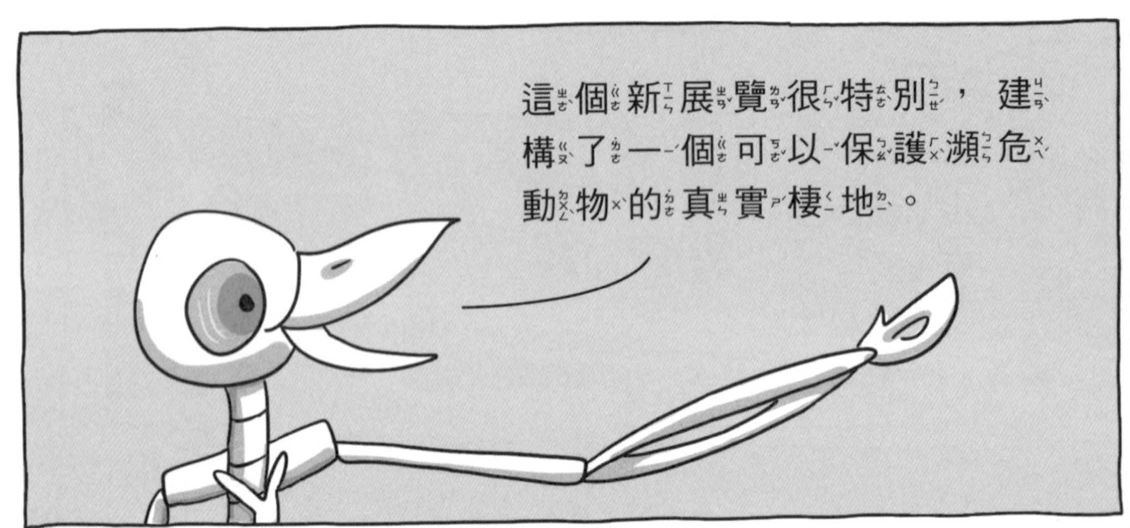
這個新展覽很特別，建構了一個可以保護瀕危動物的真實棲地。

博物館為什麼不打造一個巧克力展覽或是甜甜圈推車呢？
嗯，這兩種東西在你附近就會有滅絕危機……

博物館可以賣鯊魚造形的巧克力，或是巧克力螃蟹甜甜圈，那個蟹爪可以……

葛瑞絲，夠了。
我們出發吧。
你可以伸手拉我一把嗎？我是指用骨頭拉我……

嗯，這會花一點時間……
快翻到第36頁，
第一章就從那裡開始……
不管怎樣，都不要往這個箱子裡看。
收件人：
國立自然歷史
博物館
注意：
暗礁到海岸展
內容物：
章魚教育充實方
（玩具）
收件人：
國立自然歷史
博物館
注意：
暗礁到海岸展
內容物：
各式水族館展
物件

紅樹林
珊瑚礁

嘿！
別看！ 快翻下一頁！
皇家藍鑽

第一章　驚嚇俱樂部

史博物館
到海岸
到雨林
見見我們
的神偷
來我們的文化
我們的世界裡
散個步吧
很高興你們今天玩得愉快。現在回家的時間到了，快上車。

喔！哈囉，
又見面了！
茶色蟆口鴟
Podargus strigoides
澳洲、食肉動物、鳥類
鴯鶓
Dromaius novaehollandiae
澳洲
雜食動物
鳥類
兔耳袋狸
Macrotis lagotis
澳洲
雜食動物
有袋類
食肉動物、

黑狐蝠
Pteropus alecto
澳洲&印度－太平洋區，
食果動物&食蜜動物，
哺乳類
灰袋鼠
Macropus giganteus
澳洲
草食動物
有袋類
平原斑馬
Equus quagga
非洲
草食動物
哺乳類
鴨嘴獸
Ornithorhynchus anatinus
澳洲
肉食動物
單孔類
袋食蟻獸
Myrmecobius fasciatus
澳洲
雜食動物
有袋類
尼羅鱷
Crocodylus niloticus
非洲
食肉動物
爬蟲類

博物館還沒關門。

說話請小聲點。

這群孩子好愛新展覽，捨不得離開！

我等不及想聽他們怎麼說了。

噓——

他們來了。

生物多樣性特展
新展覽超棒的！
那隻鯊魚好酷喔！

公牛貝殼杉
Agathis microstachya
昆士蘭
那個展覽是不錯啦，但是我們沒看到沼澤妖怪。

凱文，我們都跟你說了，
沒有沼澤妖怪這種東西
ROSA
TY

有，一定有！
我姊姊上禮拜就在
這裡看到過！
TY
ROSA

牠是綠色的、全身毛茸茸、吼得很大聲，而且在紅樹林裡爬來爬去。

凱文，你姊姊只是在唬你。
她可能是想嚇你。

我也想看看那隻妖怪或是那隻章魚。
對啊，章魚很酷！不知道牠怎麼了？

我跟你們說，真的有沼澤妖怪！搞不好牠吃掉那隻章魚了！
叮鈴
叮鈴

叮鈴
叮鈴
好了，別再談妖怪的事了。該回家嘍！
渡渡鳥
Raphus cucullatus
模里西斯
1662年最後一次被看見
滅絕

你相信博物館裡有妖怪嗎？

喔，快看！
同學們都上車啦。
你動作最好快點！
博物館要關門了。
叮鈴
叮鈴

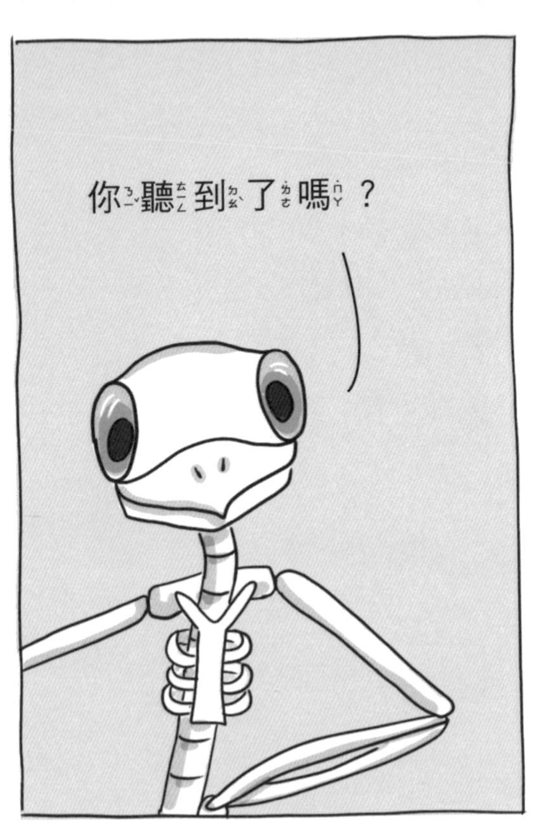
你聽到了嗎？

小朋友都很愛新展覽耶！

我一定要看看！
聽說很棒喔！有很多魚、鯊魚、章魚和一座美麗的紅樹林……

……可是沒聽說有沼澤妖怪。
我們絕不會刻意收藏那種東西。

嘿，華茲！
如果小朋友認為博物館裡有沼澤妖怪，會很糟糕嗎？

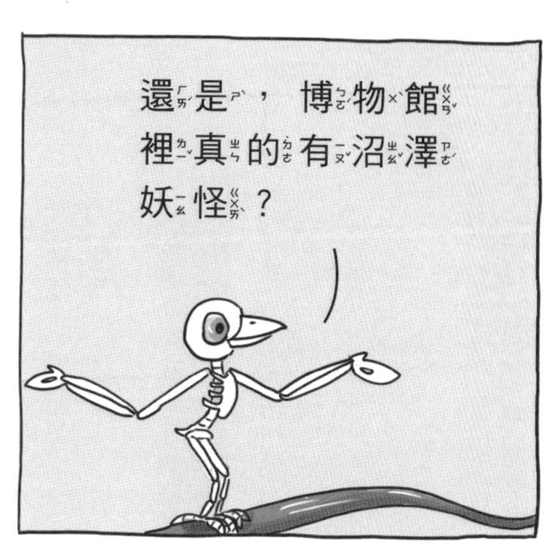
還是，博物館裡真的有沼澤妖怪？

華茲？
哈～囉～？
你在哪裡？

嗯，你當然在你的抽屜裡了！
標本
夜鷹目：
夜鷹、蟆口鴟
鸚形目：
鸚鵡
茶色蟆口鴟
Podargus strigoides
澳洲、食肉動物、鳥類

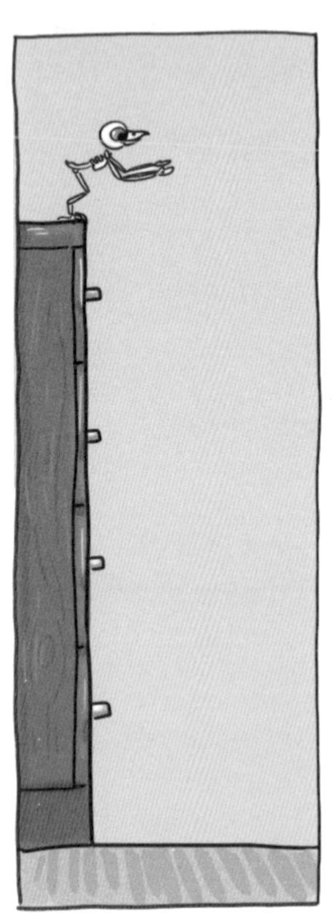

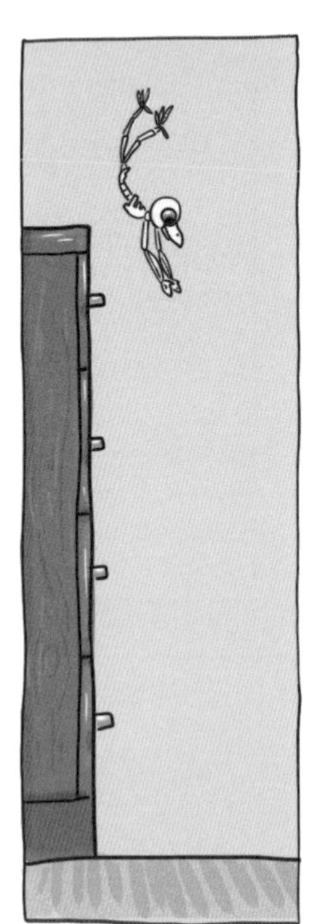

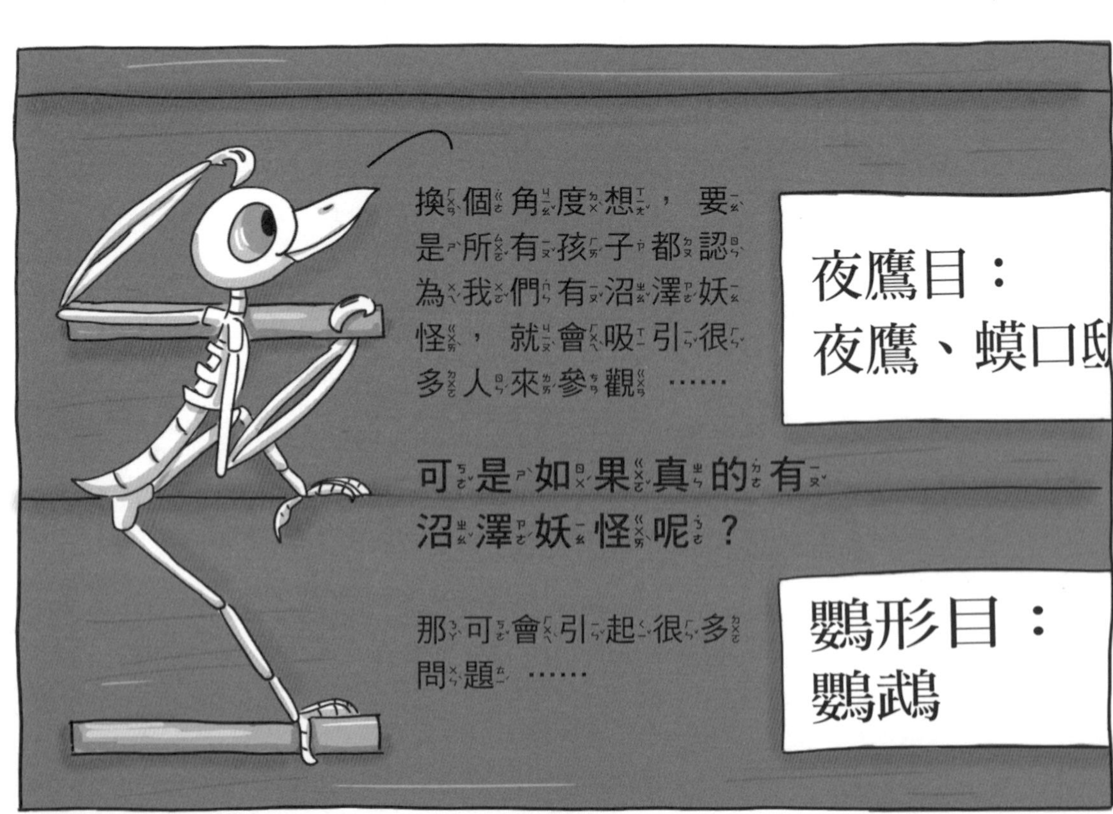
換個角度想，要是所有孩子都認為我們有沼澤妖怪，就會吸引很多人來參觀……
可是如果真的有沼澤妖怪呢？
那可會引起很多問題……
夜鷹目：
夜鷹、蟆口鴟
鸚形目：
鸚鵡

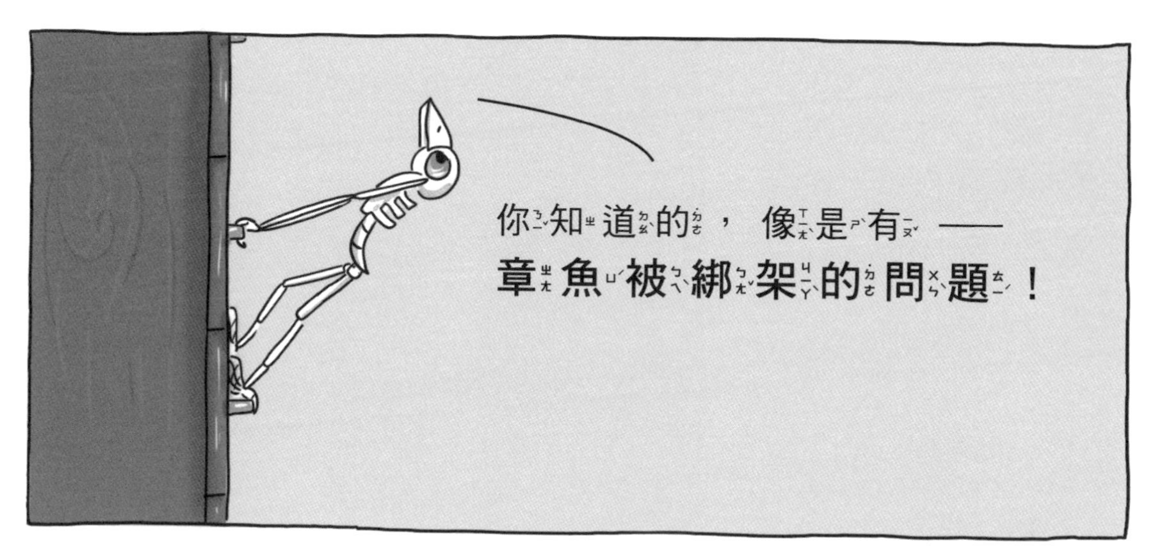
你知道的，像是有——
章魚被綁架的問題！

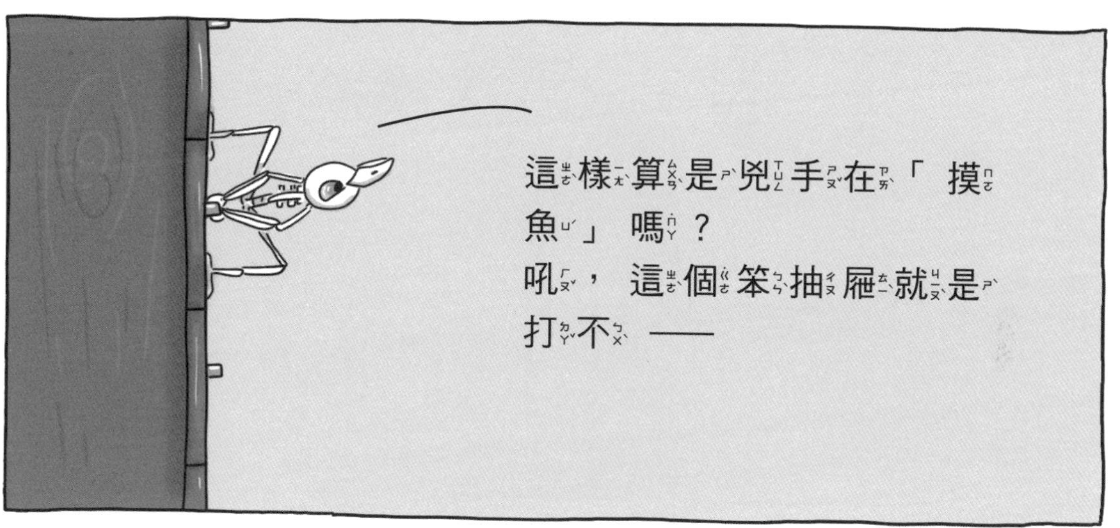
這樣算是兇手在「摸魚」嗎？
吼，這個笨抽屜就是打不——

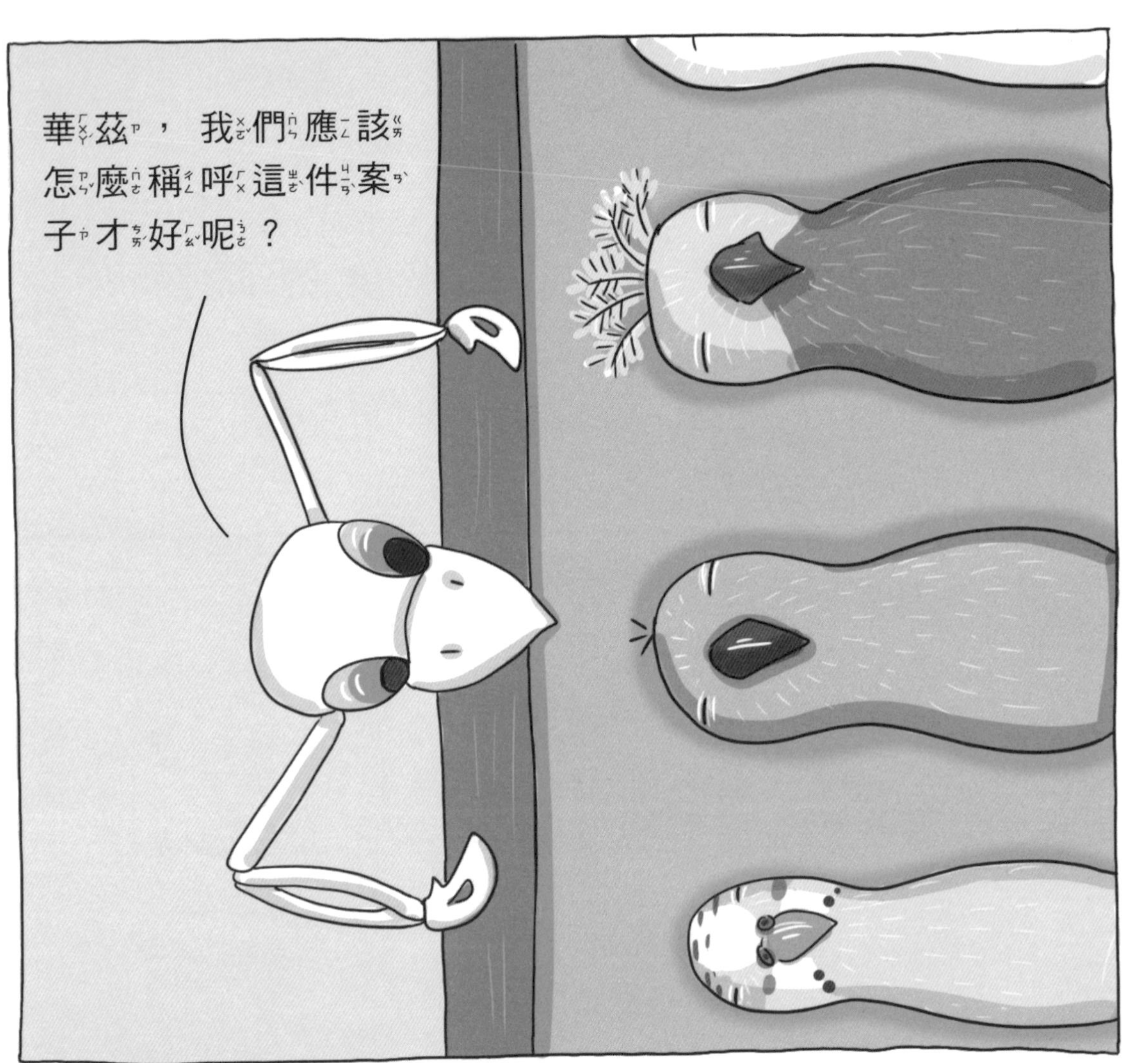
華茲，我們應該怎麼稱呼這件案子才好呢？

我也不清楚，也許葛瑞絲會知道。

哇！她怎麼可以如此神出鬼沒？
找我嗎？

嘿，葛瑞絲？你會怎麼稱呼被綁架的章魚？
喔！是笑話嗎？我最愛笑話了！

不，我是認真的。
被綁架的章魚是嗎？

對，要說被撈走還是被釣走，或是……
我知道！我知道！

章掉了！！！

哇！厲害！厲害！
葛瑞絲說得真好。
你為什麼一直在說有魚消失的事？

我們聽到小朋友說，新展覽裡有妖怪。

妖怪？
對，華茲。只是謠傳有妖怪，不過，可能真的有也說不定？

無論如何，我想都可以假設那個妖怪拿走了那隻章魚！

等等！
我們先確認一下。

首先，你們在紅樹林裡做什麼？我還以為我們不能被別人看到。
可是我——

而且，你們為什麼要抓走那隻章魚？
什麼？不是我們啊！

你確定嗎？因為就妖怪的定義來說，你是……

這個妖怪是——綠色的、全身毛茸茸，而且嗓門很大！！！

你現在嗓門就很大啊！

我們根本沒去過那座紅樹林，而且如果我們抓走章魚，你會沒注意到嗎？

嗯，你們都知道我很聰明，所以我想我的確會注意到。
葛瑞絲，你知道這代表什麼嗎？

我們要去追捕妖怪！

我們需要巧克力！

第二章　群魔亂舞

所以我們到底是要破解沼澤妖怪的謎團，還是章魚失蹤的謎團？
我們可以兩個都破解。

你們知道，抓妖怪需要什麼嗎？

力氣？

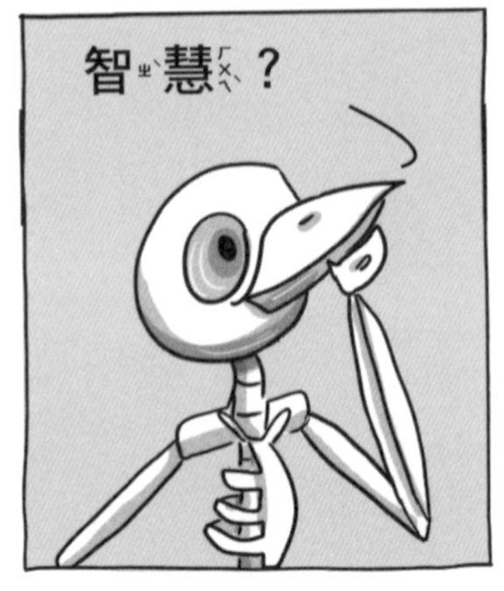
智慧？

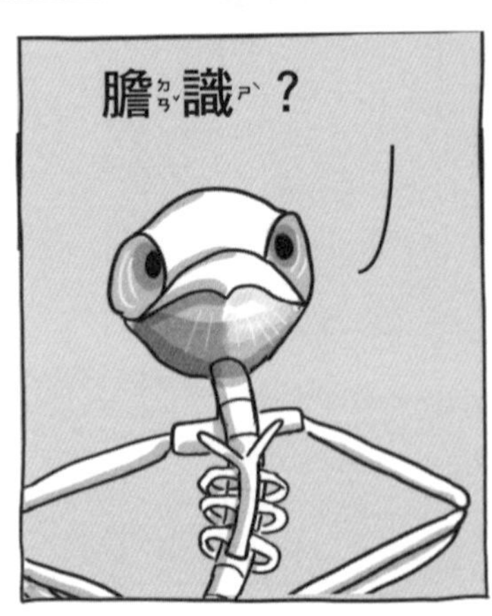
膽識？

巧克力！

沒錯，華茲！
我們需要計畫一下。

我們先來想想，怎樣才能抓住那個妖怪。

捉到之後再來擔心，要怎麼處置妖怪吧！

所以你們打算怎麼抓這個妖怪呢？

首先，我們要設一個陷阱。你是我們當中體型最大的，只要妖怪一抓住誘餌，你就撲上去……

聽起來很棒！
我知道去哪裡拿！

拿什麼？
誘餌啊。
你們先去吧。

可是你還沒聽完整個計畫。
我聽懂了。
你們需要巧克力還有……

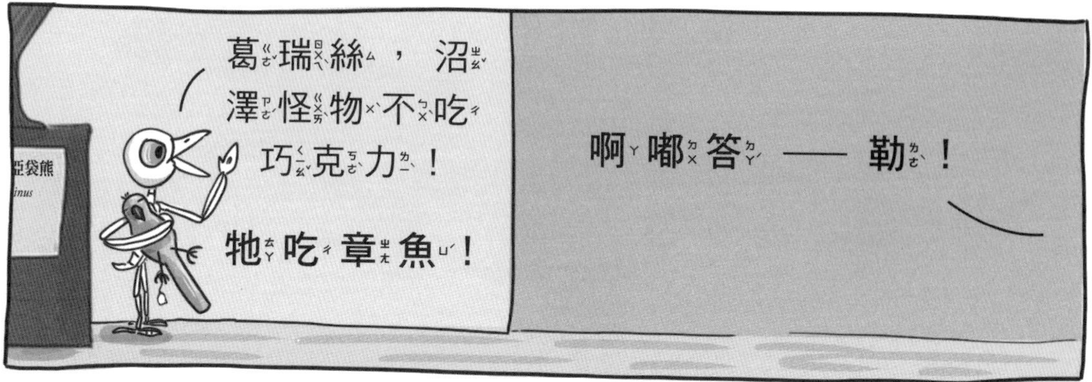
葛瑞絲，沼澤怪物不吃巧克力！
牠吃章魚！
啊嘟答——勒！

華茲，我們直接去新展覽吧！不要再耽誤了。

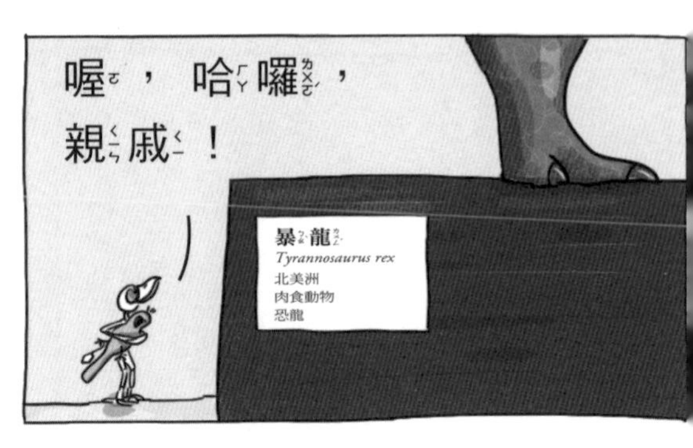
喔，哈囉，親戚！
暴龍
Tyrannosaurus rex
北美洲
肉食動物
恐龍

華茲，我找到捷徑。
暴龍
Tyrannosaurus rex
北美洲
肉食動物
恐龍

當然，這個主意滿不錯的。

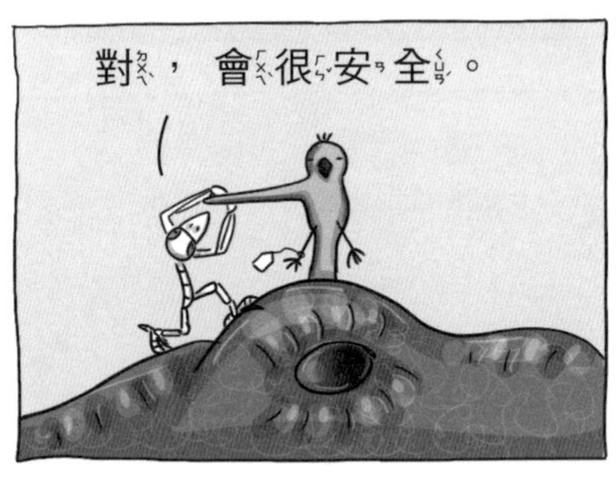
對，會很安全。

而且很好玩。

靈爪鷹
Pengana robertbolesi
澳洲
中新世
掠食動物
滅絕
我們的世界
暗礁到海岸
雨林生態
袋狼
滅絕
劍齒虎
Smilodon fatalis
美洲
更新世
掠食動物
滅絕
太棒了，
兄弟！

雨林生態
往這邊走
暗礁到海岸
按下即開
路線圖
多看一眼
到海岸
我們應該往那邊走才對。

我們的文
我們的世
華茲，
太讚了！
我永遠不會再抱怨你的飛行技術了……
輻射適應
加拉巴哥雀
南美洲厄瓜多的一省
太平洋
幼年侏儒藍鯨
Balaenoptera musculus brevicauda
南太平洋和印度洋

從明天開始。

神祕動物學

神祕動物學家是什麼人？

神祕動物學家嘗試找出證據，來證明民間傳說裡的妖怪或其他生物確實存在。
神祕動物學因為並不遵循科學方法，因此被視為偽科學。

什麼是未確認生物（Cryptid）？

「未確認生物」指的是科學家尚未證明存在的動物或生物。

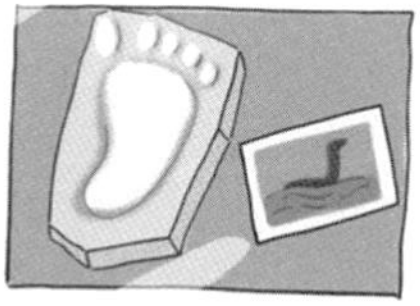

神祕動物學家都做些什麼？

神祕動物學家尋找腳印、照片、影片，以及骨頭、皮毛或毛髮這類東西，以便取得DNA，證明某個生物的存在。

他們把神祕動物學
叫做「Pseudoscience」
（偽科學）。

P不發音？
所以念
起來是
「酥兜賽
恩斯」
嘍？

啊，我本
來不知道
「pseudo」是
「假」的
意思。

哇，每天都會
學到新東西。

民間傳說的生物
牠們真的存在嗎？

大腳怪
北美洲

證據：無數次目擊、模糊的照片、腳印

可能的解釋：熊、騙局

雪人
喜馬拉雅山

證據：原住民故事和傳說裡的沼澤妖怪

可能的解釋：和人類共存的巨型動物群

尼斯湖水怪
蘇格蘭

證據：無數次目擊、照片、聲納偵測到湖中有大型物體在移動

可能的解釋：蛇頸龍或騙局

本耶普
澳洲

證據：原住民故事和傳說裡的沼澤妖怪

可能的解釋：和人類共存的巨型動物群

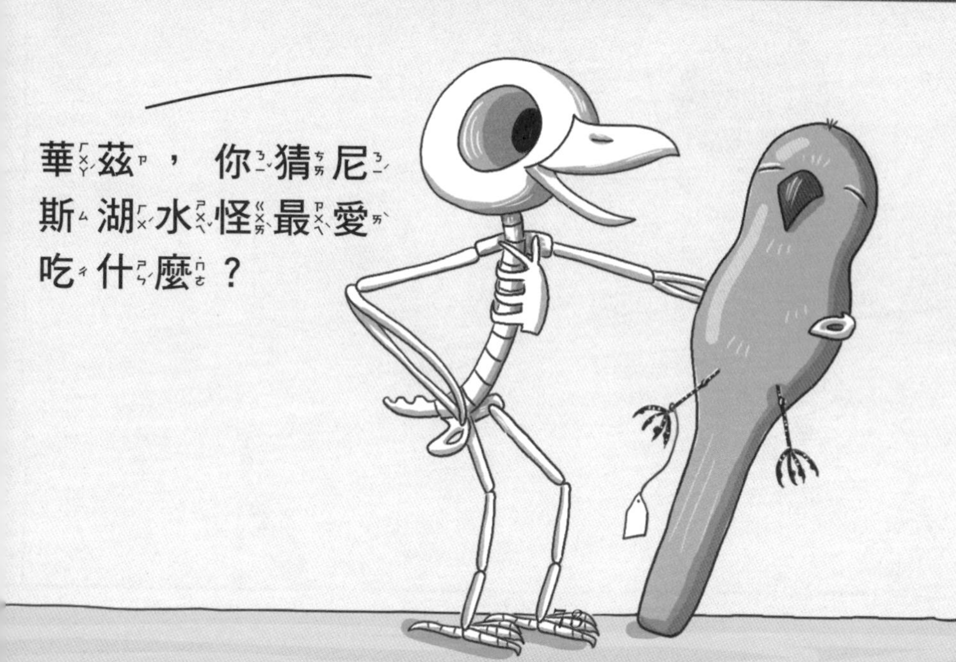

魚和船！
哈！哈！

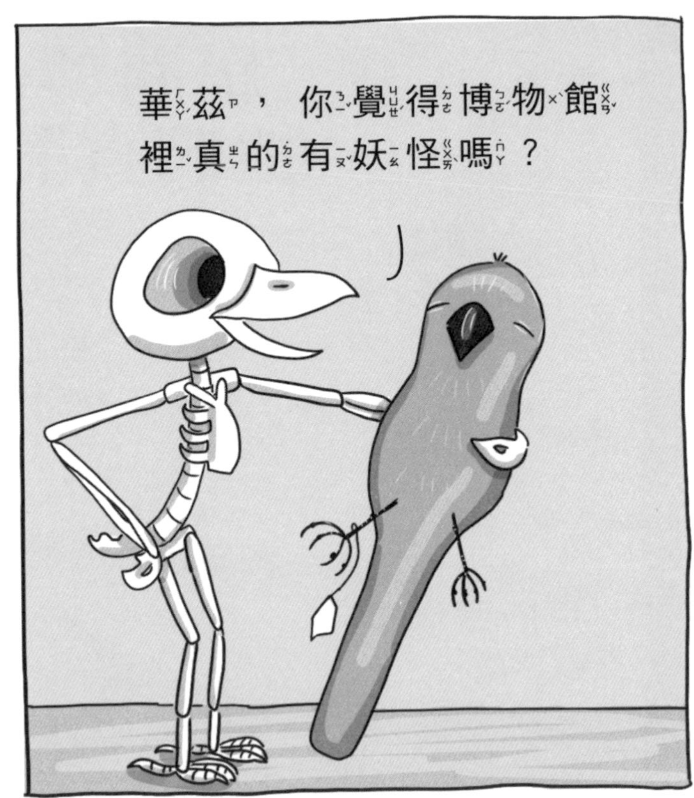
華茲，你覺得博物館裡真的有妖怪嗎？

對，我指的當然是我之外的傢伙。

鄭重聲明一下，大家都認為我是鬼魂，不是妖怪。
這兩者完全不同。
吭啷！
什麼聲音？你覺得是那個妖怪嗎？還是另外一個鬼魂？

第三章　覺得憂鬱

那是什麼？
我在館長的抽屜裡找到的。

我以為我們說好不要再進館長的辦公室了。
是你們自己說好的，我可沒有。

總之，這東西就在他原本放巧克力的祕密抽屜裡。所有的巧克力都不見了，只剩下它，可是我想不通要怎麼打開。

葛瑞絲，我想這種東西打不開。
當然可以！這一定是裝滿巧克力的迷你藏寶箱。

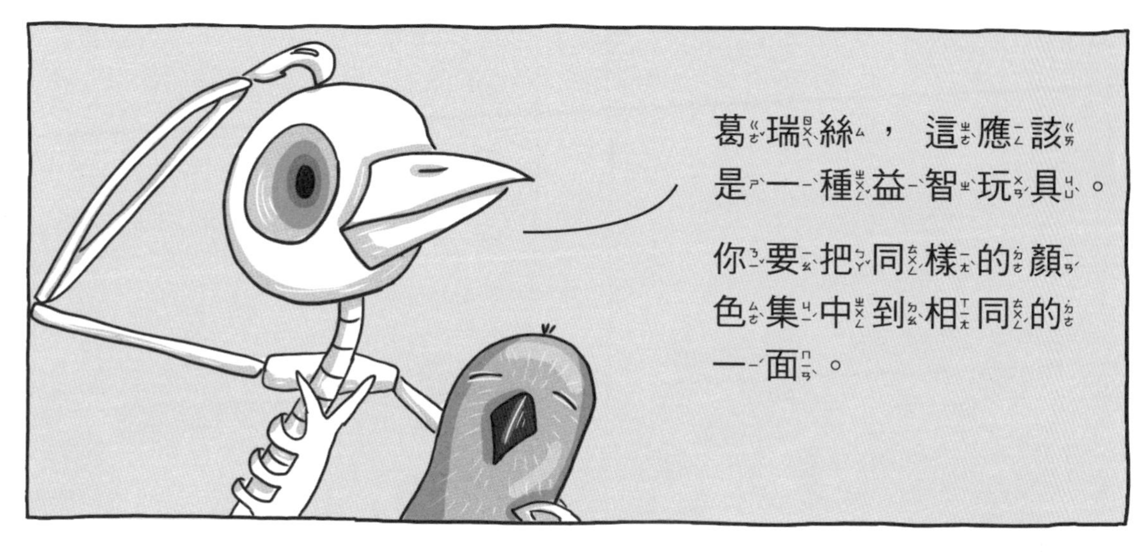
葛瑞絲，這應該是一種益智玩具。
你要把同樣的顏色集中到相同的一面。

那只要我把同樣的顏色集中起來，它一定就會打開嘍！

然後所有的巧克力就會掉出來！
葛瑞絲，這不是這樣用的。

葛瑞絲？

葛瑞絲，我們還有謎團要破解。
就是這個謎團。

妖怪謎團。
呃～嗯。

在紅樹林那裡。
喔對……

葛瑞絲，我們要拯救新展覽，以免被那個會吃章魚的沼澤妖怪破壞。
喔，我懂了！

是嗎？
對啊……

民間傳說的生
牠們真的存在

大腳怪
北美洲

證據：無數次目擊、模糊的照片、腳印

可能的解釋：熊、騙局

雪人
喜馬拉雅山

證據：原住民故事和傳說裡的沼澤妖怪

可能的解釋：和人類共存的巨型動物群

尼斯湖水怪
蘇格蘭

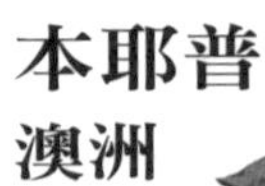

證據：無數次目擊、照片、聲納偵測到湖中有大型物體在移動

可能的解釋：蛇頸龍或騙局

本耶普
澳洲

證據：原住民故事和傳說裡的沼澤妖怪

可能的解釋：和人類共存的巨型動物群

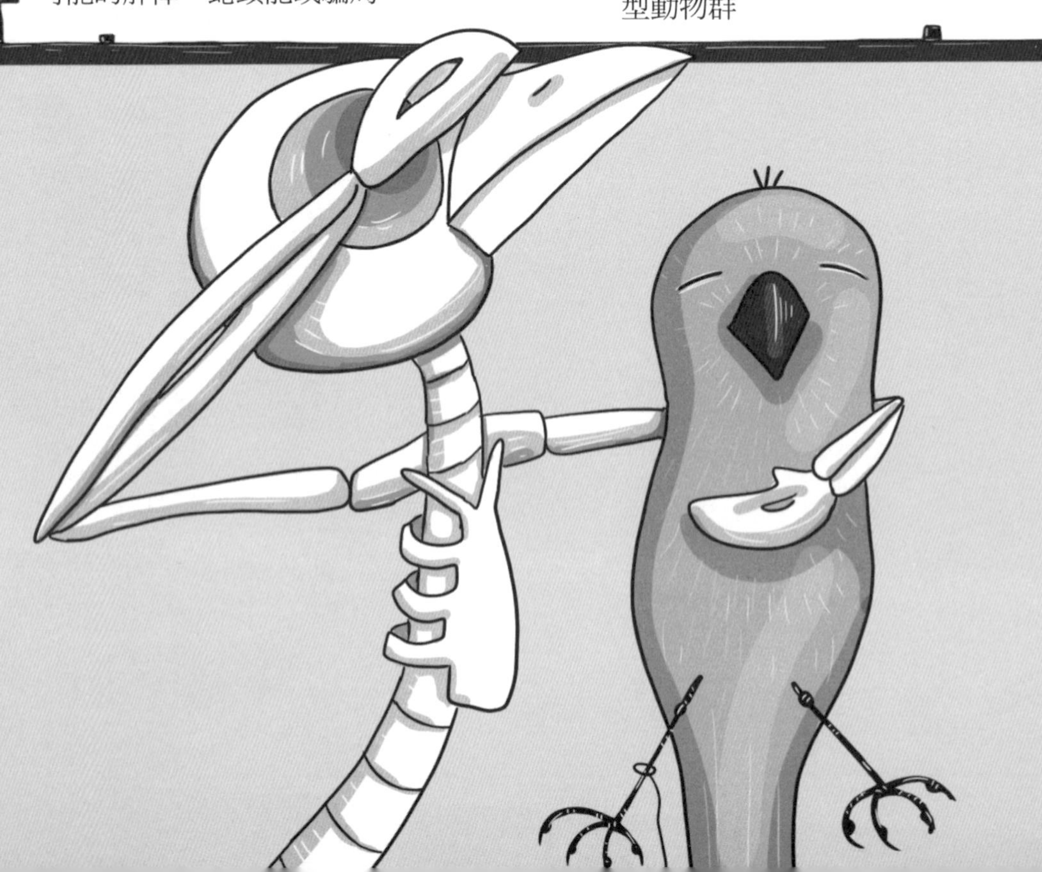

魔克拉姆邊貝
剛果

證據：原住民藝術和傳說、腳印、排泄物、聲音紀錄

可能的解釋：蜥腳類動物

卓柏卡布拉
南美洲＆中美洲

證據：無數次目擊、被吸光血的動物

可能的解釋：得了疥癬的動物

我完全懂！

你看，我已經讓兩個同色的方形並排了！

只剩52個要弄。

卓柏卡布拉

南美洲&中美洲

證據：無數次目擊、被吸光血的動物

可能的解釋：得了疥癬的動物

沒錯，

那個超級令人發毛的。

幸好牠們不是這一帶的生物，南美洲和中美洲離這裡頗遠。

卓柏卡布拉

南美洲&中美洲

證據：無數次目擊、被吸光血的動物

可能的解釋：得了疥癬的動物

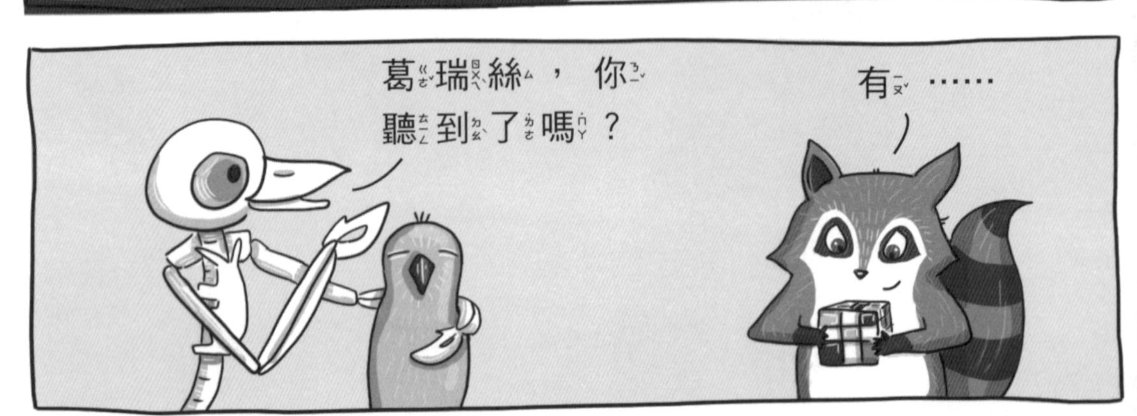

嗚……嗚……

令人發毛，可怕的……

會吸血的妖怪。

哈哈！華茲，你說得對！
我們身上一滴血也沒有，
所以沒什麼好擔心的。

喔，你又說對了。
葛瑞絲身上有……

園丁鳥環境豐富計畫！

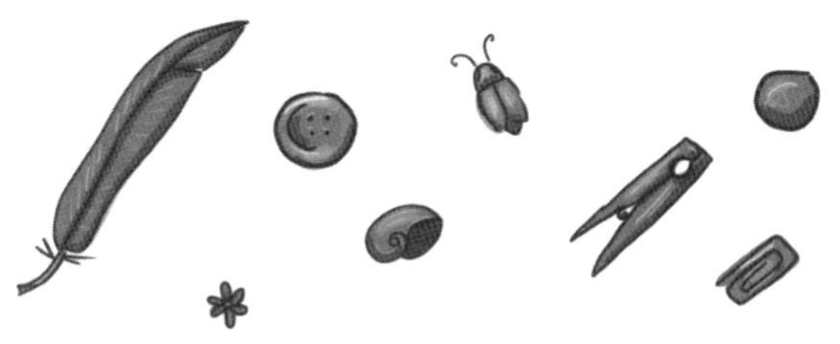

每天我們都會為了園丁鳥，將這些藍色物品藏在展區附近。你有辦法在小鳥找到以前，先看到它們嗎？

再和我說一次，我們為什麼要來這裡？

我們必須穿過雨林，才能到新展覽區。

你沒看路線圖嗎？

只是好奇，但有人帶了藍色東西來嗎？
路線圖
我們有華茲啊！

嘿，華茲。我猜你上次有學到教訓吧？

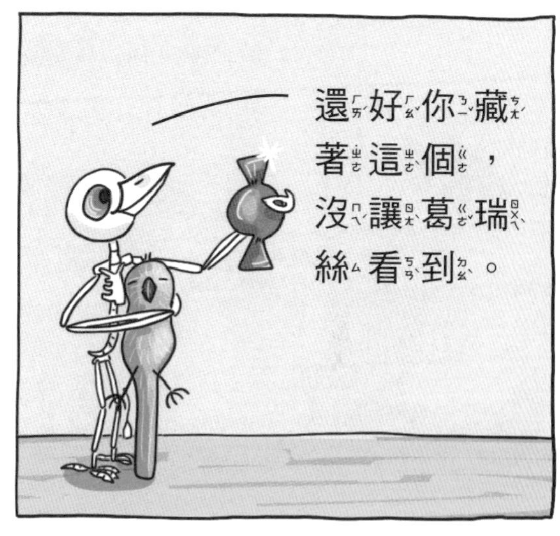
還好你藏著這個，沒讓葛瑞絲看到。

你們在擔心什麼啦？你看，園丁鳥寶寶好可愛喔！

嗯，牠們為什麼
那樣盯著我？

唷呼！小鳥鳥！這有
漂亮的藍色糖果！

那是巧克
力嗎？

暗礁到海岸
葛瑞絲，
別擔心。
牠們只是想
要包裝紙。

觸摸池1
觸摸池2
離水不死的魚
彈塗魚是水陸兩棲的魚類
可以在陸地上行走、跳躍
甚至爬樹
彈塗魚

哇！
那些小孩沒在開玩笑。這個地方也太「潮」了吧！

看看這些可愛的藍色小青蛙。回程的時候，可以用牠們來分散園丁鳥的注意力？
鈷藍箭毒蛙
Dendrobates tinctorius azureus
巴拿馬，南美洲

華茲說牠們的毒性會致命。
對啊，我知道。

葛瑞絲！我們應該是來拯救展覽品，記得吧？
嗯，這樣就能救展品，不被煩人的鳥寶寶騷擾啦！

真希望有人能救救我，不要被葛瑞絲煩死。

第四章　見多識廣
觸摸池2
觸摸池1
離水不死的魚
彈塗魚是水陸兩棲的魚類
可以在陸地上行走、跳躍
甚至爬樹
彈塗魚
瞧瞧這個！

這種魚可以在
陸地上走路！

華茲，喔真的嗎？
有離開水還能存活
的水生動物嗎？

怎麼可能？
我以為水生動物都要
在水裡才能呼吸？

什麼！只要保持潮溼，牠們就能透過皮膚呼吸？

就像是一些兩棲類動物。
喔，你知道的，例如青蛙、蠑螈……

華茲，現在不要再讓我分心了，沒有什麼事比調查紅樹林重要！

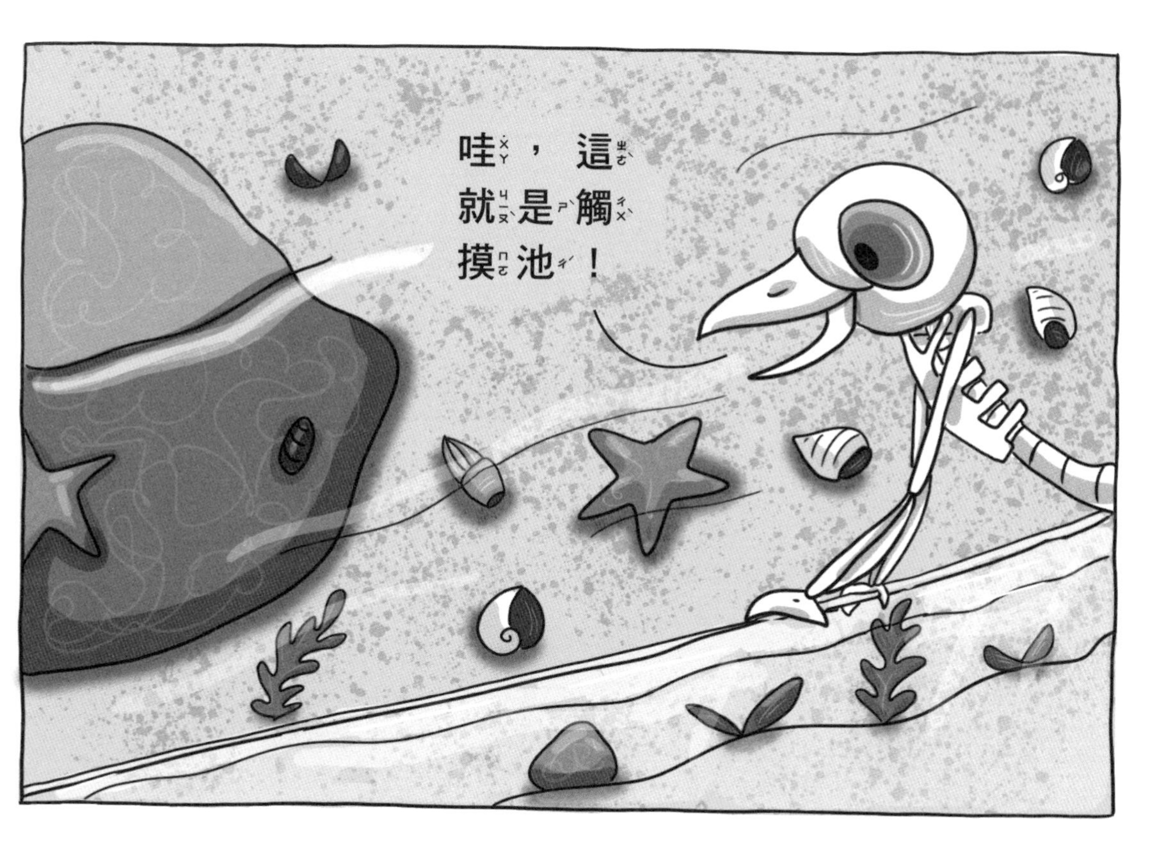
哇，這就是觸摸池！

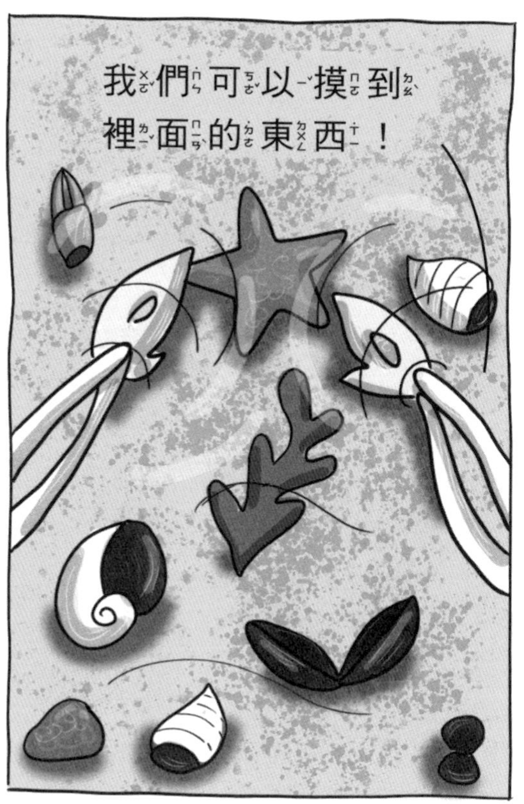
我們可以摸到裡面的東西！

是啊，華茲。我知道它就叫觸摸池，但我沒想到真的能碰到牠們。

上星期，有
小朋友被螃
蟹夾到！

華茲，沒錯！
我猜那件事讓
她很生氣。

我希望她沒
「貝」扭到。

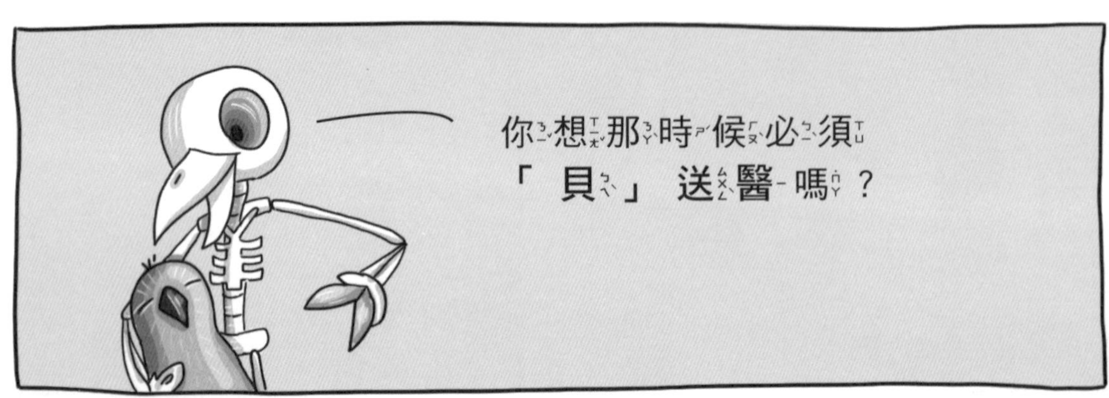
你想那時候必須
「貝」送醫嗎？

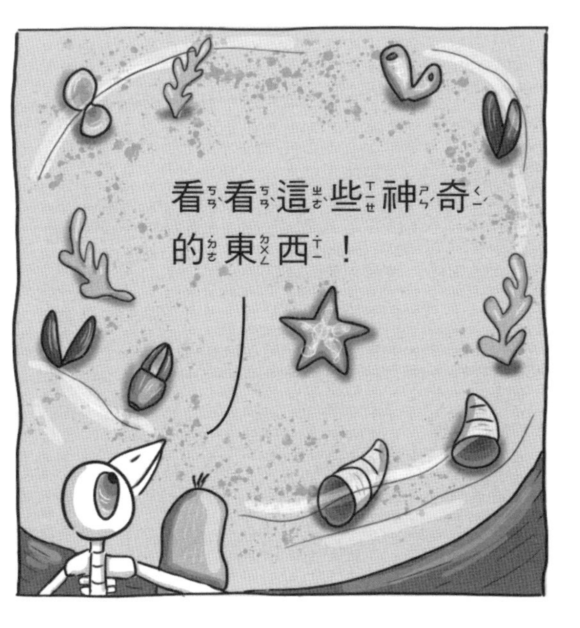
看看這些神奇的東西！

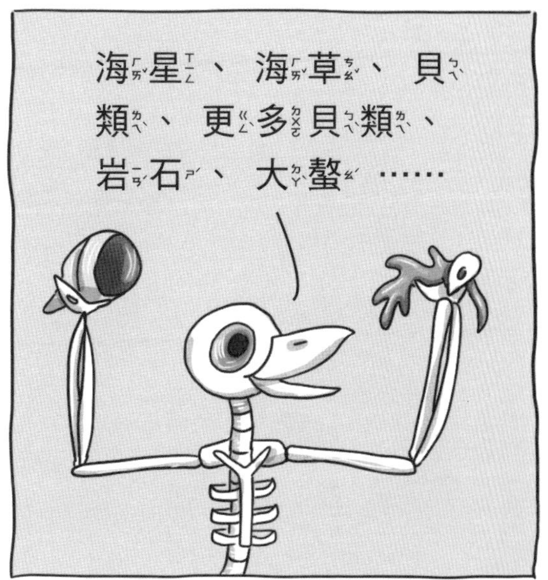
海星、海草、貝類、更多貝類、岩石、大螯……

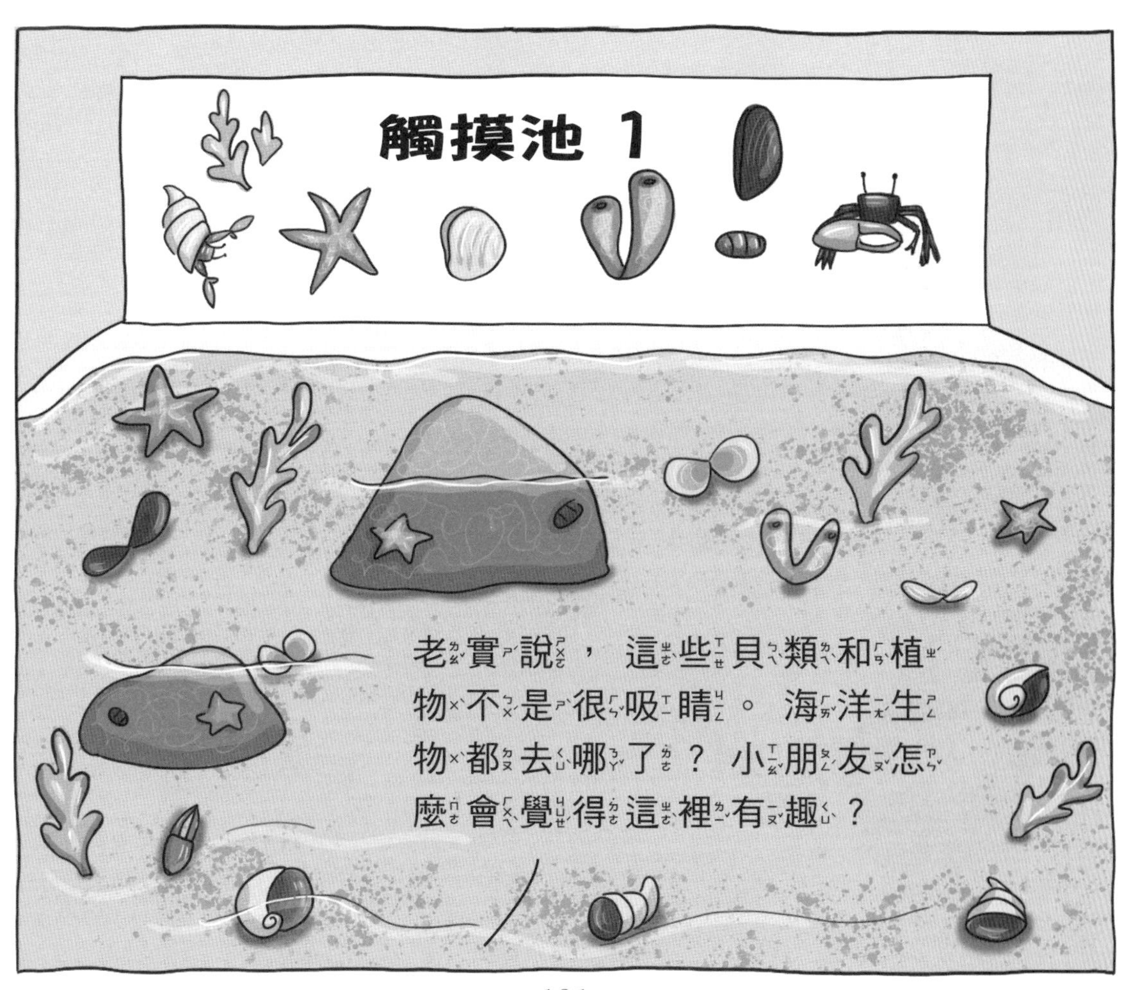
觸摸池 1
老實說，這些貝類和植物不是很吸睛。海洋生物都去哪了？小朋友怎麼會覺得這裡有趣？

葛瑞絲，你想我們應該從哪裡開始？

葛瑞絲！小心有水——

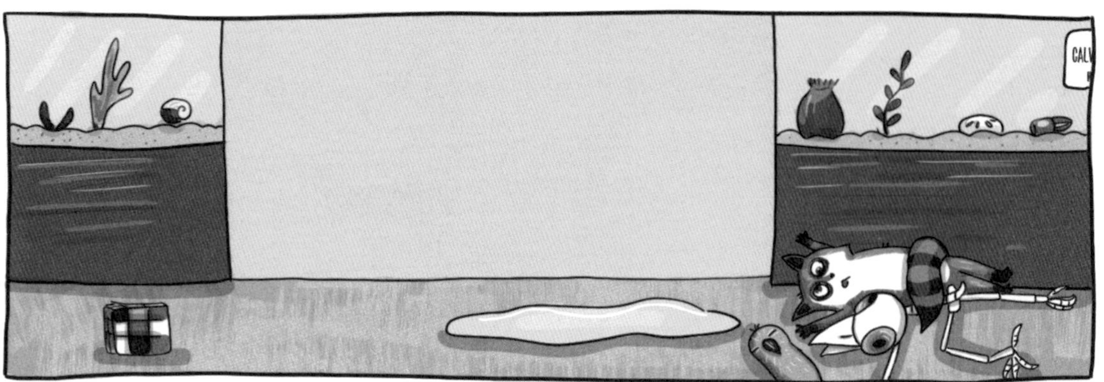

喔，你看看那個！
CALVIN(凱文)
國立小學

如果只是名牌，不會自己貼在這裡。
CALVIN(凱文)
國立小學
那只是小朋友的名牌。

那些愛破壞公物的小鬼，我要把它……
CALVIN(凱文)
小學

沼澤妖怪！

沼澤妖怪！

哪裡？
在裡面啊！
CALVIN(凱文)
國立小學

在裡面？這裡是觸摸池耶！

裡面沒有妖怪啦！正確說，
裡面什麼有趣的東西都沒有。

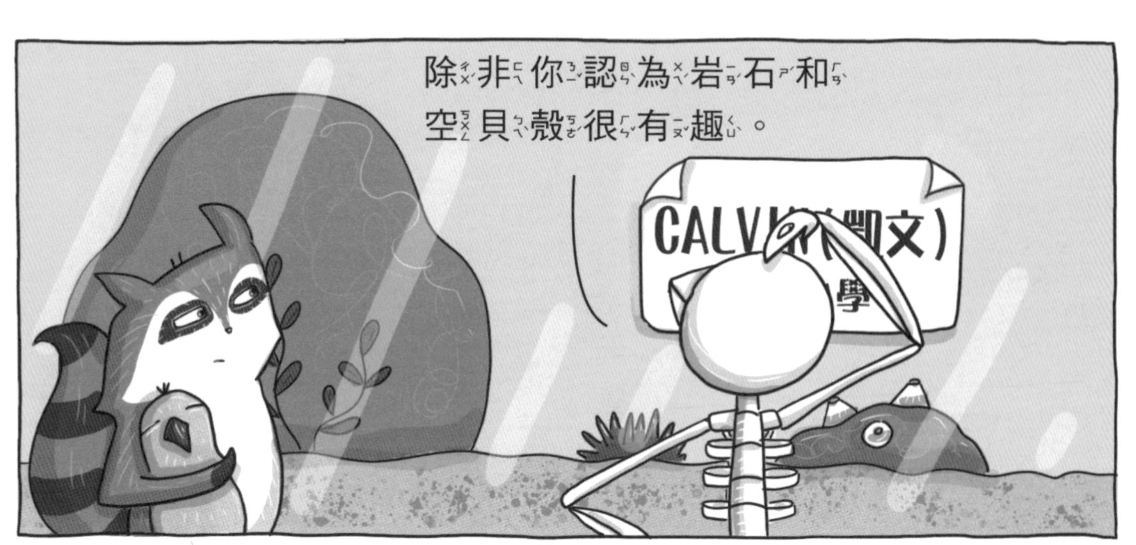
除非你認為岩石和
空貝殼很有趣。

嘿！葛瑞絲，
別再搔我癢了！
CALV
凱文

住手！我必須把這張
貼紙撕掉。
CAL
凱文

葛瑞絲，夠了喔！
骨爾，我在這邊。

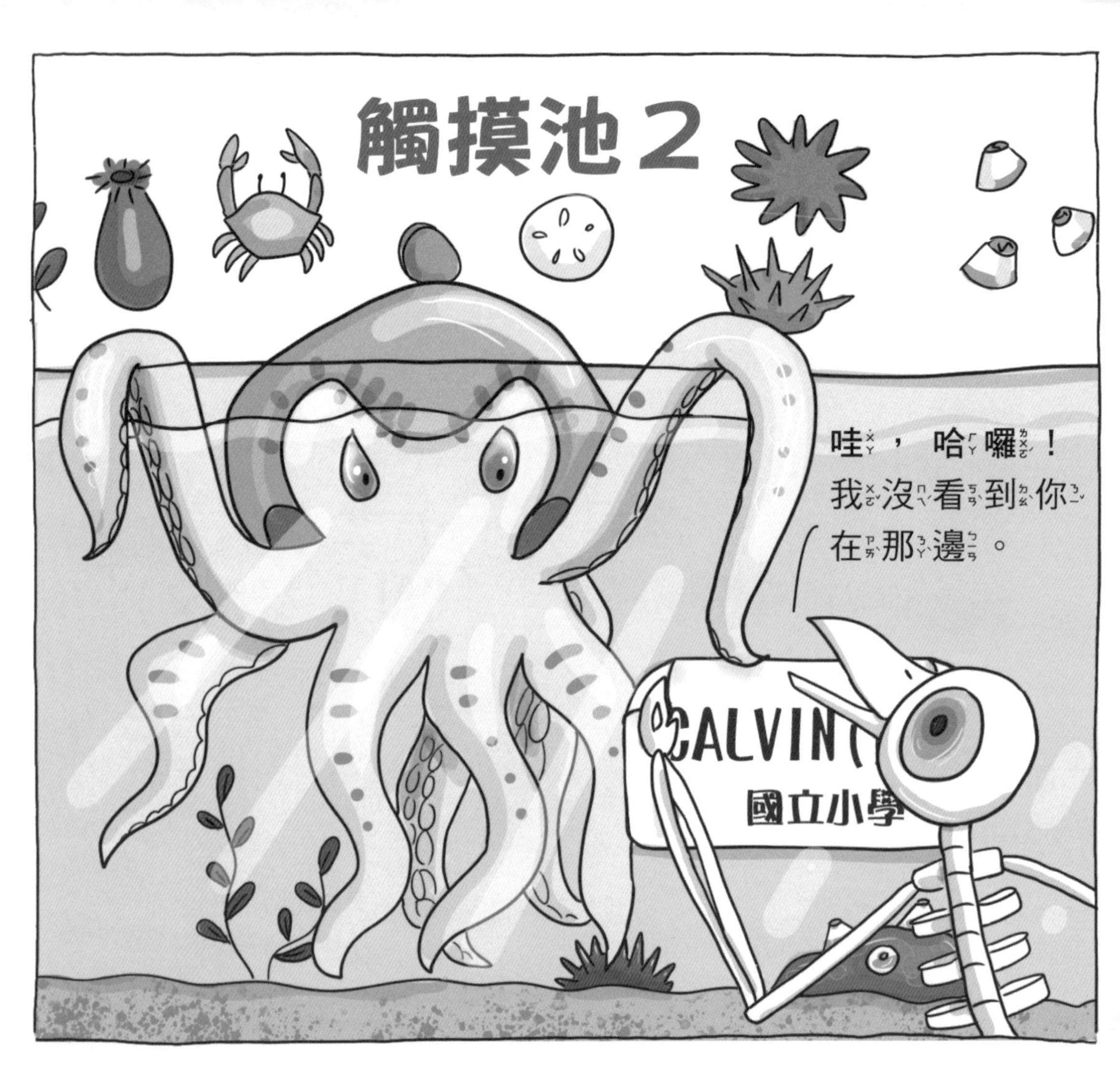
觸摸池2
哇，哈囉！
我沒看到你在那邊。
CALVIN(
國立小學

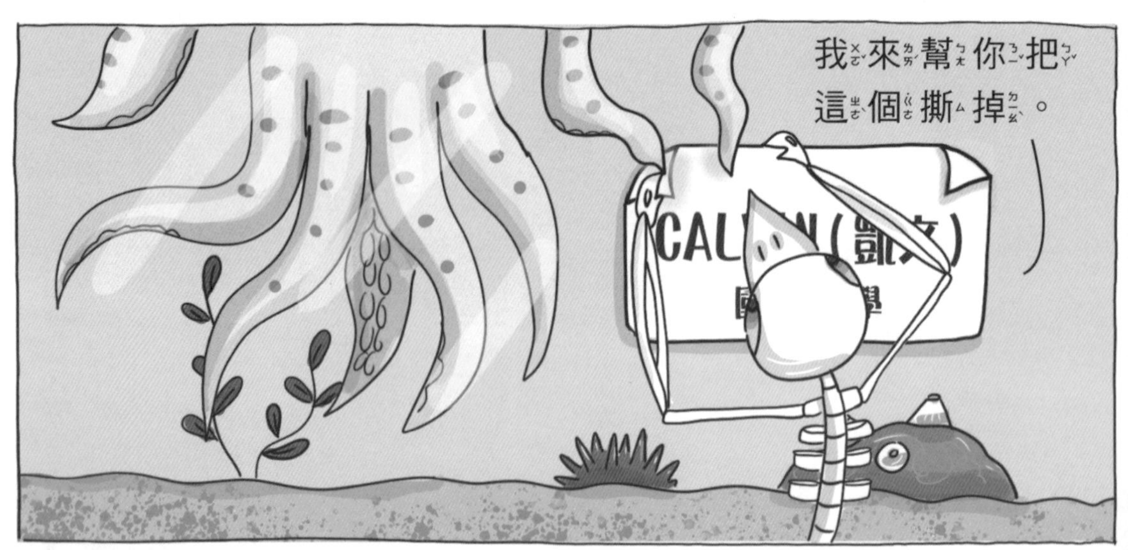
我來幫你把這個撕掉。

別再撕我的名牌了。
CALVIN(凱文)
國立小學
你叫凱文？

不，我叫——
尼夫拉克！
你看不懂字嗎？
CALVIN(凱文)
國立小學

N-I-V-L-A-C（尼夫拉克）

嗯，其實你讀錯了啦！
連我都知道上面寫的
是：C—A—L（凱）
CALVIN（凱文）
國立小學

哈哈！
葛瑞絲真幽
默，她只是
開玩笑。
不，我沒有
開玩笑！
他完全弄錯了。
上面寫的是——
CALVIN（凱文）
國立小學

她只是在玩弄或是「腕」弄你，她可不只一條腕足呢！
什麼？才沒有，我——

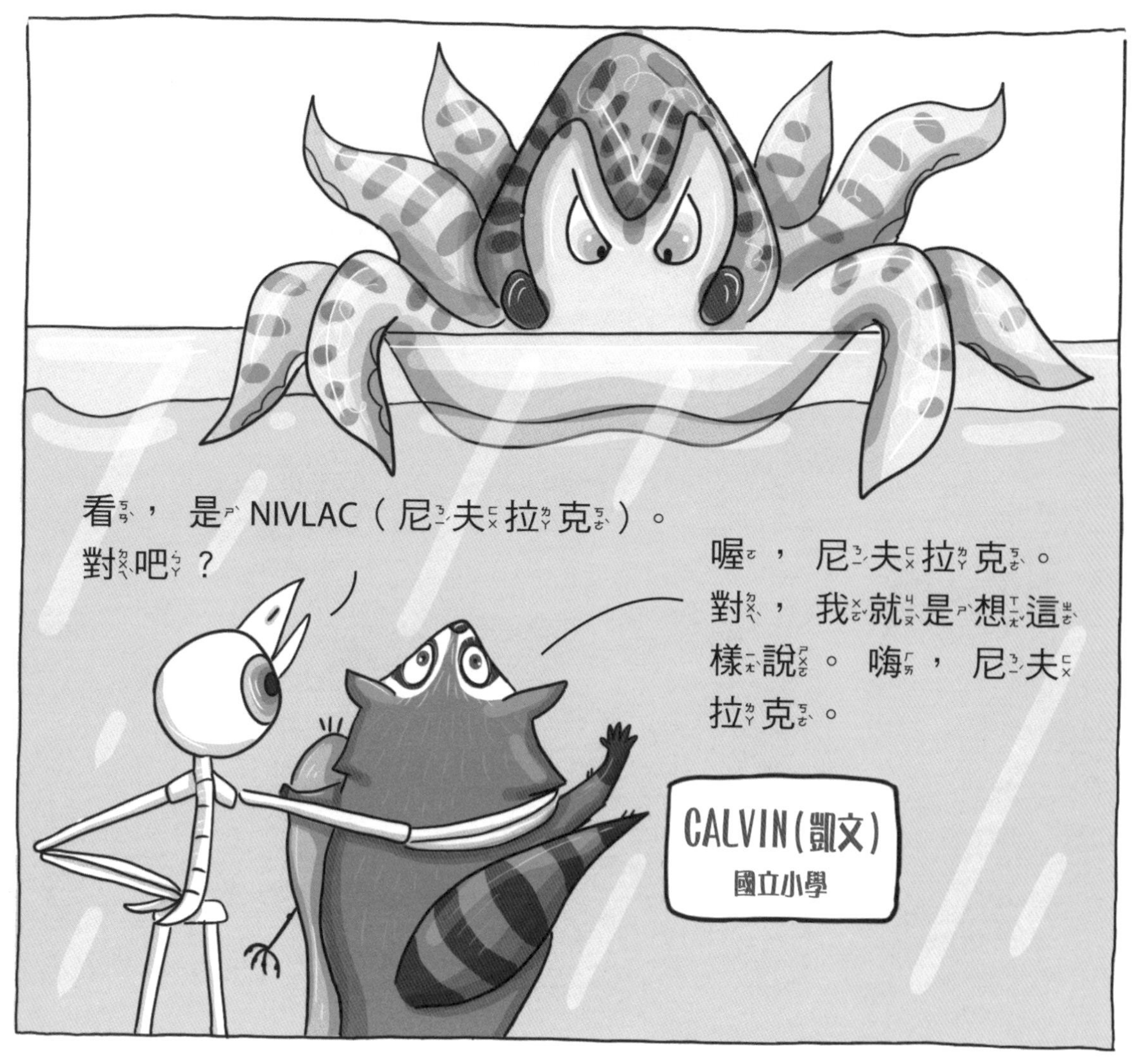
看，是 NIVLAC（尼夫拉克）。對吧？
喔，尼夫拉克。對，我就是想這樣說。嗨，尼夫拉克。
CALVIN(凱文)
國立小學

觸摸池2

很高興認識你。

很高興認識你。

失蹤的章魚謎團解開啦！
小朋友沒看到你，你太會偽裝了。
這是我的拿手絕活。
CALVIN(凱文)
國立小學

聽說章魚可以隨時變身，幾乎什麼顏色、圖樣或形狀都變得出來。
怎麼可能！
可以喲！
CALVIN(凱文)
國立小學

你能模仿這顆石頭嗎？

這塊海綿呢？

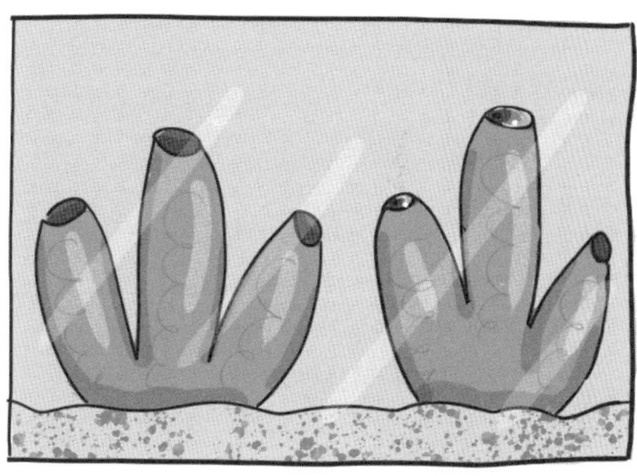

這根海草？

這條魚？

這一個呢？
啊～
好無聊。

把你自己變成像骨爾摩斯那樣。
瘦巴巴，只剩骨頭，很彆扭的樣子。
喂！

或者變成我吧！我超～級有趣喲！

哼，我想你辦不到吧！我太複雜了。

所以，尼夫拉克，你有看到什麼怪物嗎？
你是說，除了我們之外？
VIN(凱文)
國立小學

我什麼也沒看到……
VIN(凱文)
國立小學

也許你應該跟著線索走。
如果你找得到什麼蛛絲馬跡……
VIN(凱文)
國立小學

觸摸池2

第五章　無人占據

嘿，他到哪裡去了？

尼夫拉克？

CALVIN(凱文)
國立小學
葛瑞絲，他是偽裝大師。除非他想被找到，否則要找到他得靠運氣。

有人看到我的魔術巧克力盒嗎？
葛瑞絲，那裡面沒有巧……

在這裡！

我就快解開了，現在彷彿可以聞到巧克力的味道了。

葛瑞絲，如果想破解這個謎團，我們要快點行動。
懂嗎？快點！

嗯……

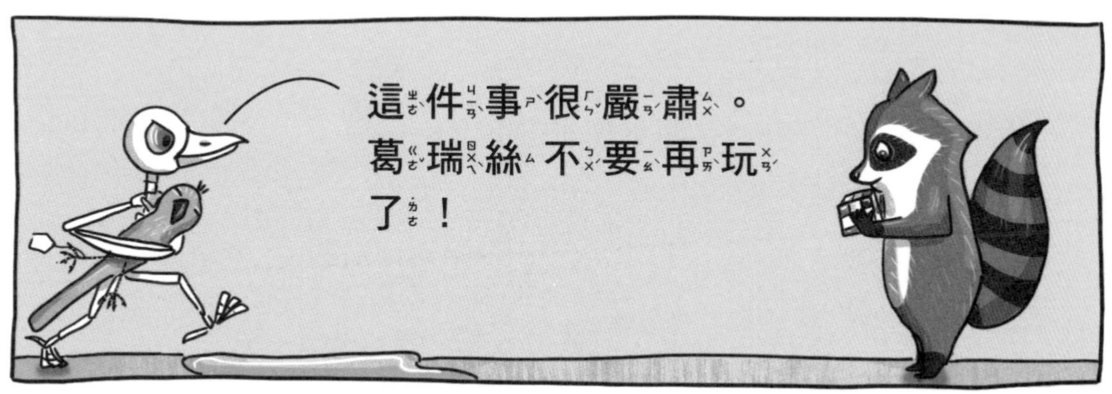
這件事很嚴肅。葛瑞絲不要再玩了！

哇！

好滑！

喔ㄛ，
真ㄓㄣ好ㄏㄠˇ玩ㄨㄢˊ！

眼斑雙鋸魚
Amphiprion ocellaris
印度洋＆太平洋
黃高鰭刺尾鯛
Amphiprion ocellaris
印度洋＆太平洋
擬刺尾鯛
Paracanthurus hepatus
印度洋＆太平洋
巨硨磲蛤
Tridacna gigas
印度洋＆太平洋

章魚常識
你知不知道章魚……
• 可以迅速改變顏色和形狀
• 有八條腕足，附有吸盤
• 如果腕足被截斷，會重新生長
• 沒有骨架，代表可以擠進狹窄的空間
• 短時間內可以在陸地上存活
• 肉食性，吃貝類為生
• 受到驚嚇的時候會噴「墨汁」
嘿，華茲。
海藻章魚
Abdopus aculeatus
印度洋＆太平洋
你覺得地上為什麼有這麼多水？

海龜救援
這些瀕危海龜是從盜獵者偷走的龜蛋孵出來的，等他們被養到健康的尺寸之後，明年會放回野外。
玳瑁
Eretmochelys imbricata
熱帶海洋和珊瑚礁
也許是清潔人員弄的……
膨腹海
Hippocampus
西南太平洋
但是他們才剛拖地，不是應該整片地板都溼溼的嗎？

嘎唧！
那個可怕的聲音是什麼？
嘎唧！
一定是那個妖怪！
嘎唧！
華茲，沒錯，那些小朋友說那個妖怪吼得很大聲……

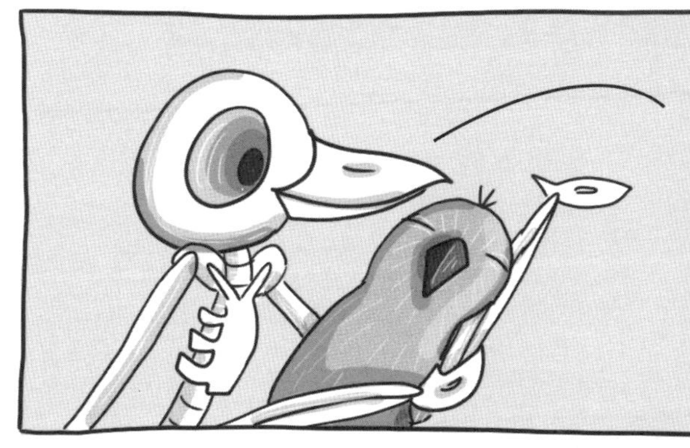

他們是不是把「吼得很大聲」和「嘎唧得很煩人」搞混了。這種誤會很常見。

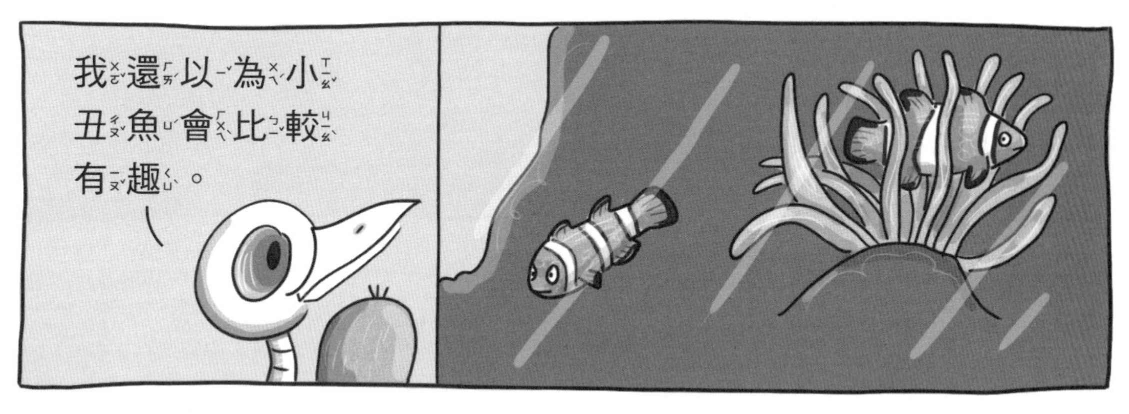

哇，又一個章魚池！尼夫拉克知道這裡有這個嗎？
章魚常識
你知不知道章魚……
• 可以迅速改變顏色和形狀
• 有八條腕足，附有吸盤
• 如果腕足被截斷，會重新生長
• 沒有骨架，代表可以擠進狹窄的空間
• 短時間內可以在陸地上存活
• 肉食性，吃貝類為生
• 受到驚嚇的時候會噴「墨汁」
海藻章魚
Abdopus aculeatus
印度洋&太平洋

如果他有朋友，脾氣可能就不會那麼暴躁。

哈囉？有人在家嗎？

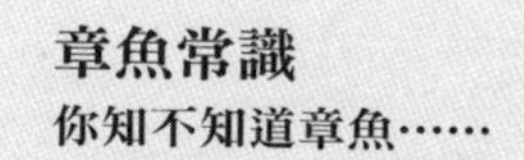

章魚常識

你知不知道章魚……

- 可以迅速改變顏色和形狀
- 有八條腕足，附有吸盤
- 如果腕足被截斷，會重新生長
- 沒有骨架，代表可以擠進狹窄的空間
- 短時間內可以在陸地上存活
- 肉食性，吃貝類為生
- 受到驚嚇的時候會噴「墨汁」

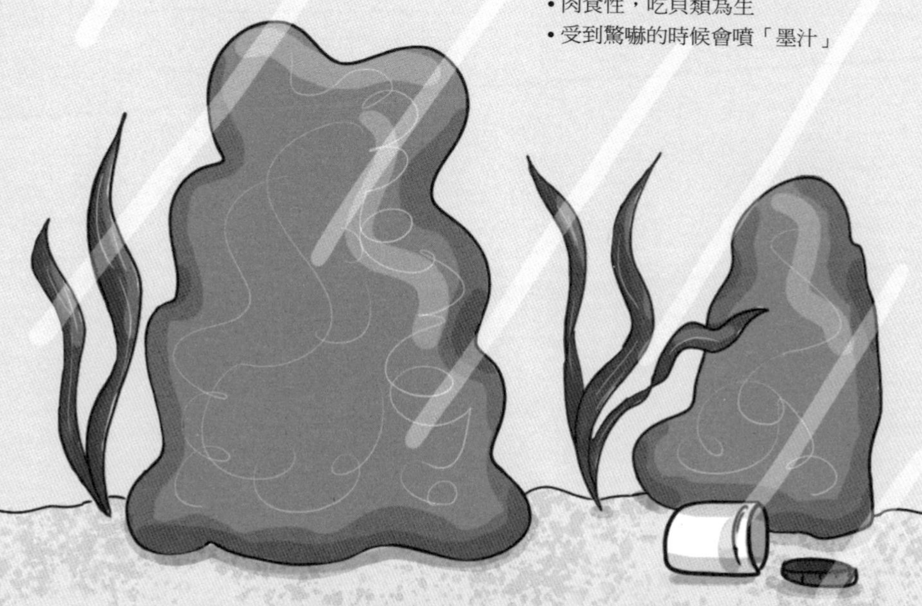

海藻章魚
Abdopus aculeatus
印度洋＆太平洋

華茲，我也覺得有訪客的時候還偽裝，很失禮耶！我在想，章魚是不是都很沒禮貌。

我們來找找看。瞧，蓋子開了一個縫。

我從上面那裡可以看得更清楚。

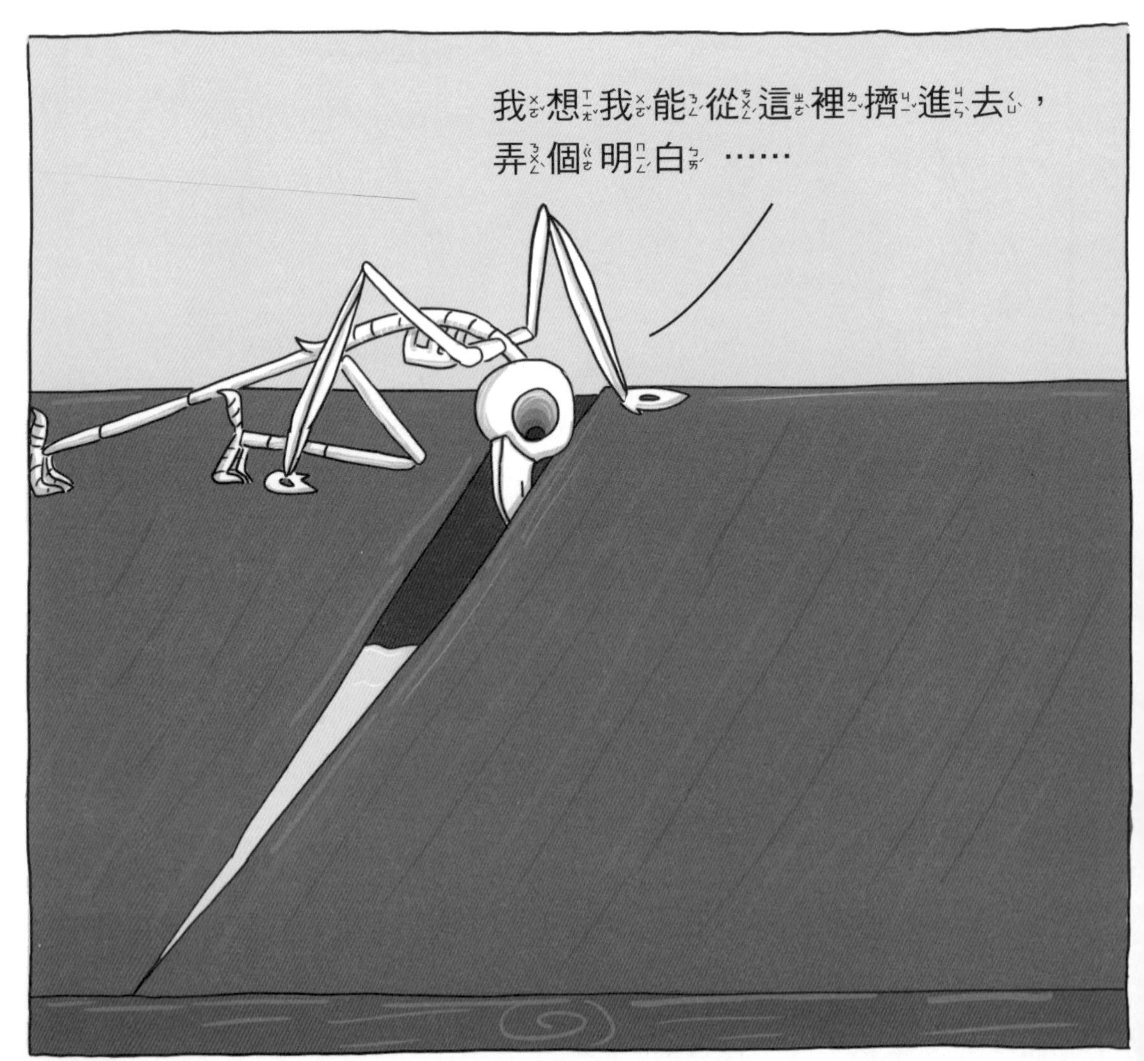
我想我能從這裡擠進去，弄個明白……

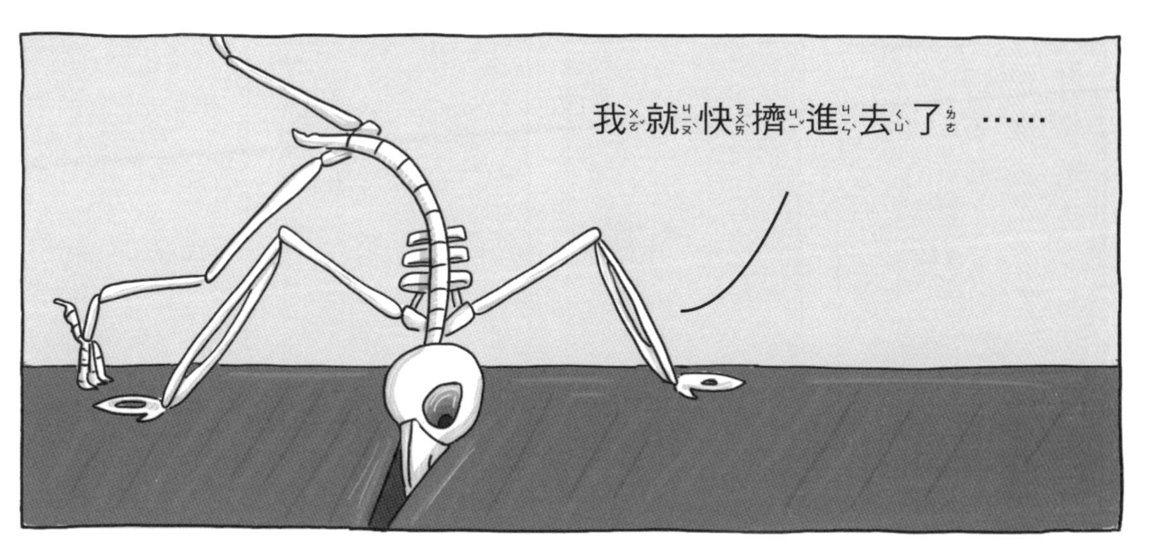
我就快擠進去了……

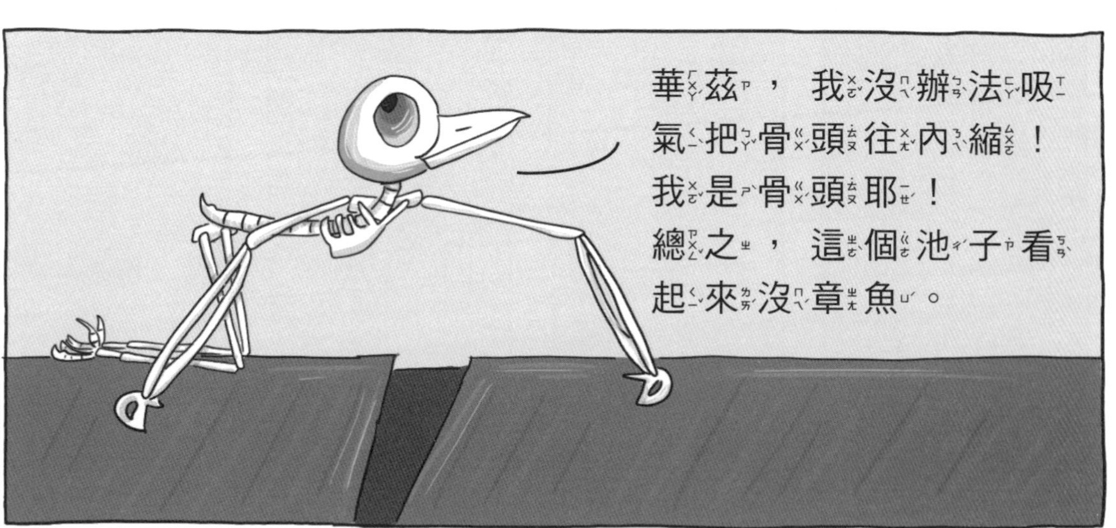
華茲，我沒辦法吸氣把骨頭往內縮！我是骨頭耶！總之，這個池子看起來沒章魚。

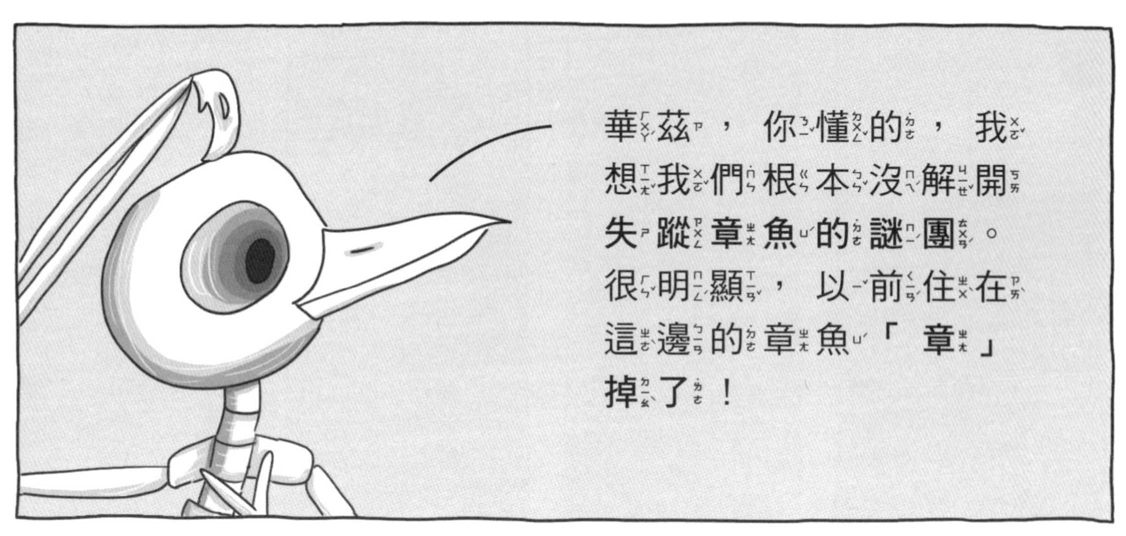
華茲，你懂的，我想我們根本沒解開失蹤章魚的謎團。很明顯，以前住在這邊的章魚「章」掉了！

我們必須警告尼夫拉克！
章魚……
改變顏色和形狀
足，附有吸盤
被截斷，會重新生長
，代表可以擠進狹窄的空間
可以在陸地上存活
吃貝類為生
的時候會噴「墨汁」

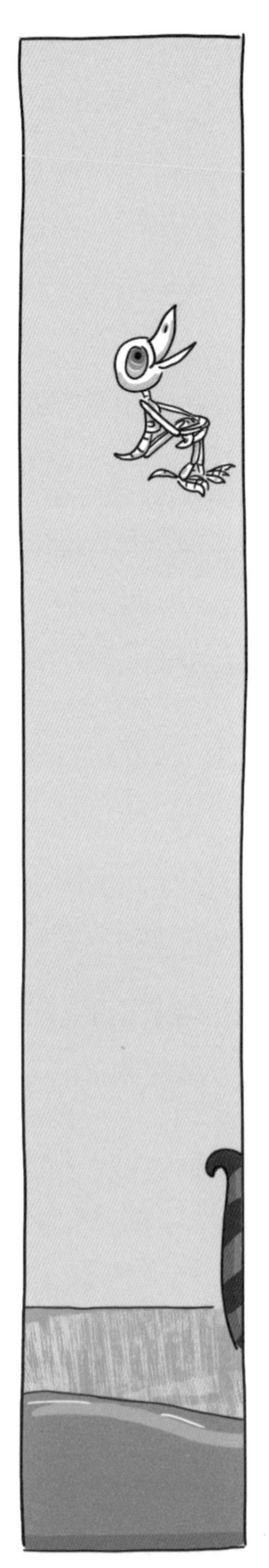

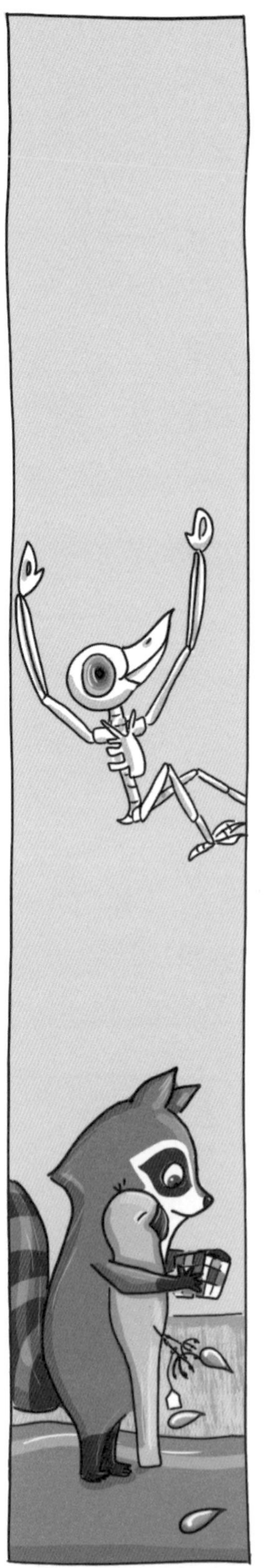

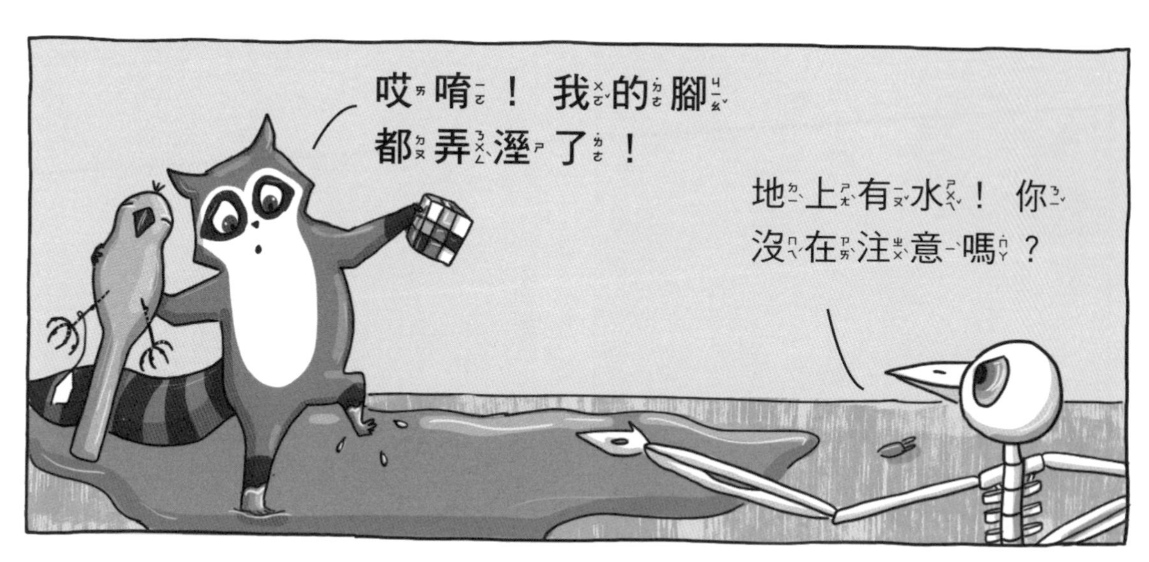
哎唷！我的腳都弄溼了！
地上有水！你沒在注意嗎？

嗯……有……
葛瑞絲，那可能是個線索！

很認真在注意……
好，我們走吧。

哎呀！
好痛！

喔喔喔！

哎呀！

我一直踩到螃蟹殼。
什麼？

哎呀？
不，在「哎呀」之後說的。

我一直踩到螃蟹殼。它們超級尖銳的！

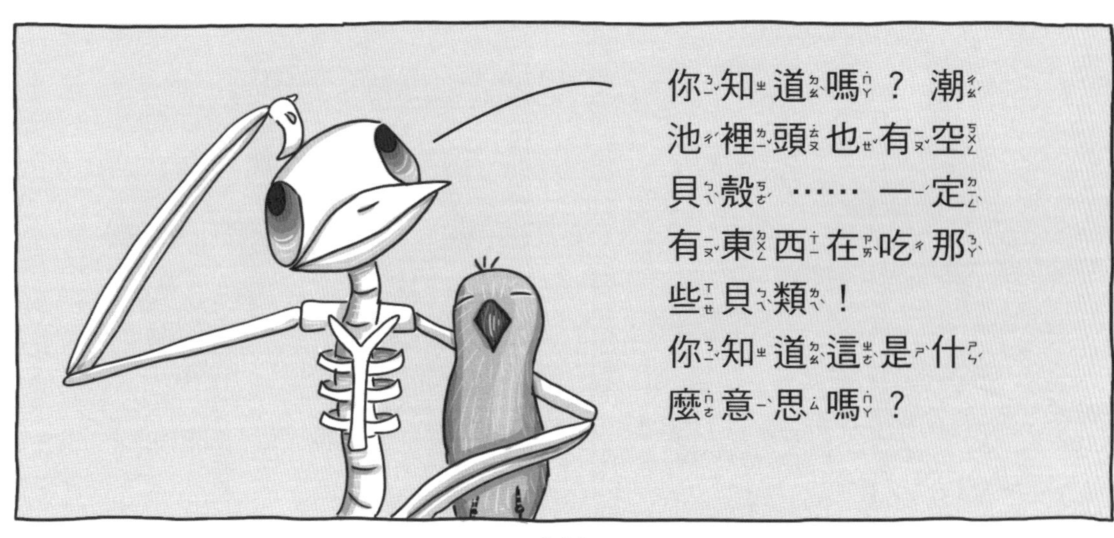
你知道嗎？潮池裡頭也有空貝殼……一定有東西在吃那些貝類！你知道這是什麼意思嗎？

這些空貝殼就是妖怪會吃章魚和貝類的證據！

葛瑞絲，這個是你在哪裡發現的？

在兩個池子之間潑出來的水裡。

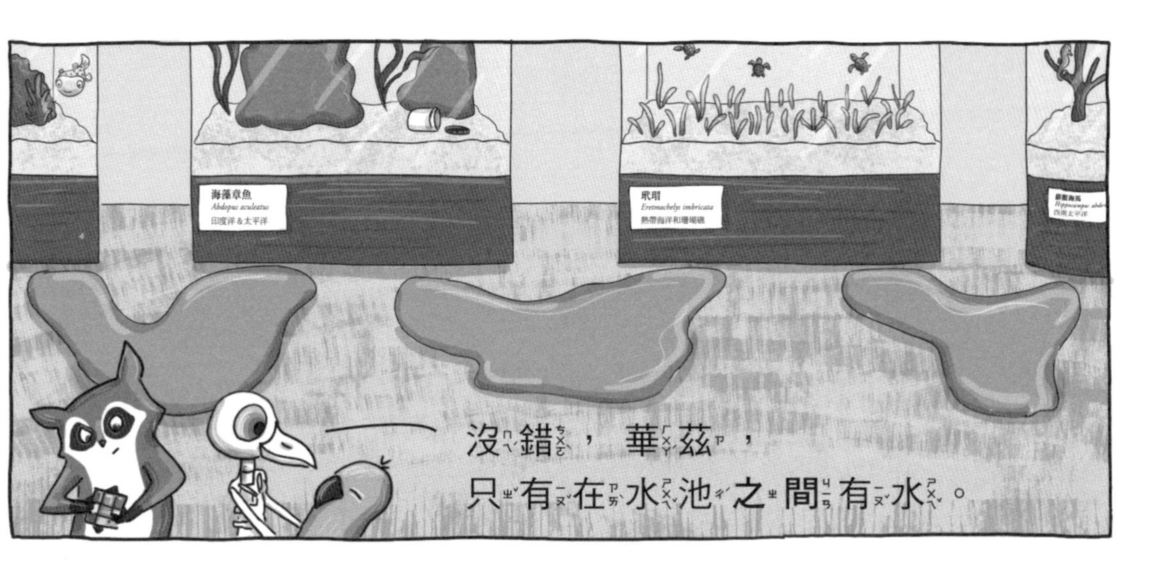

海藻章魚
Abdopus aculeatus
印度洋＆太平洋
玳瑁
Eretmochelys imbricata
熱帶海洋和珊瑚礁
沒錯，華茲，
只有在水池之間有水。

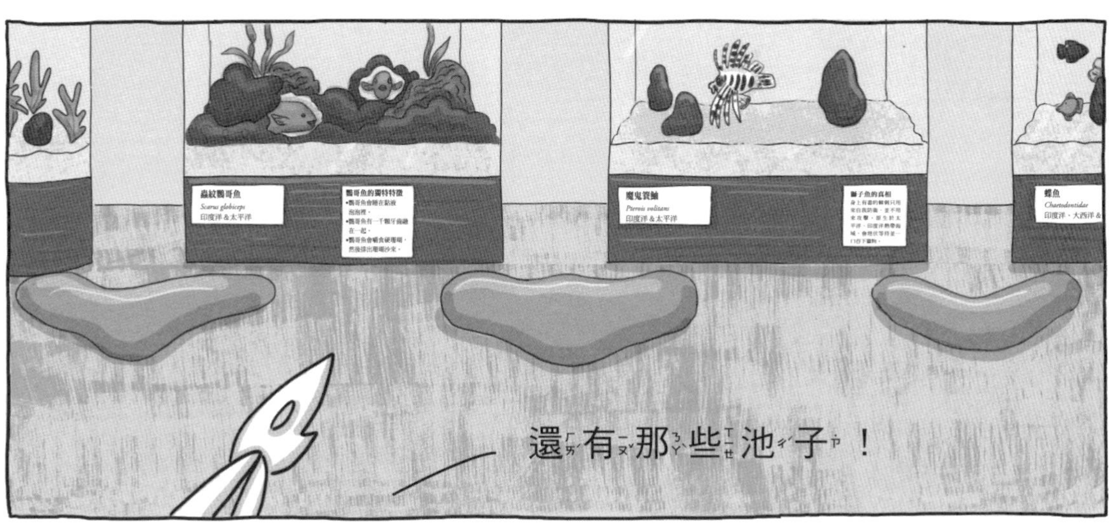

魔鬼簑鮋
Pterois volitans
印度洋＆太平洋
還有那些池子！

葛瑞絲，
你真敏銳。
這一定是妖怪留下的蹤跡！

嗯……對啊，完全同意。
你剛剛找到了一條重要的線索，而你根本不知道我們在說什麼，對吧？

嗯……對啊，完全同意。

章魚常識
你知不知道章魚……
• 可以迅速改變顏色和形狀
• 有八條腕足，附有吸盤
• 如果腕足被截斷，會重新生長
• 沒有骨架，代表可以擠進狹窄的空間
• 短時間內可以在陸地上存活
• 肉食性，吃貝類為生
• 受到驚嚇的時候會噴「墨汁」
海藻章魚
Abdopus aculeatus
印度洋 & 太平洋
玳瑁
Eretmochelys imbricata
熱帶海洋和珊瑚礁
我們順著水痕走，一定會把我們帶到妖怪那裡！

第六章　恐怖的深海

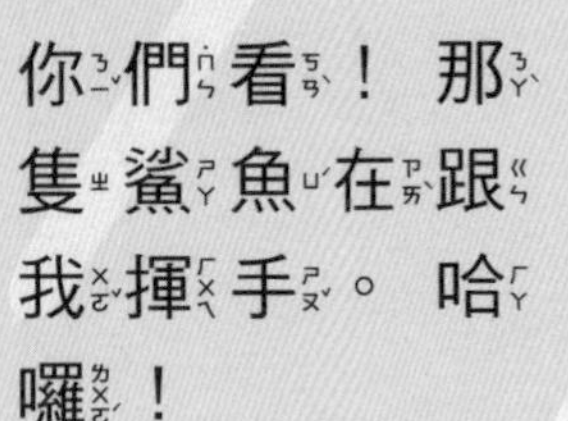

葉海龍
Phycodurus eques
溫帶澳洲海岸
哈哈！看看這個。這是在開玩笑吧！根本沒有龍，這個裡面只有海草。

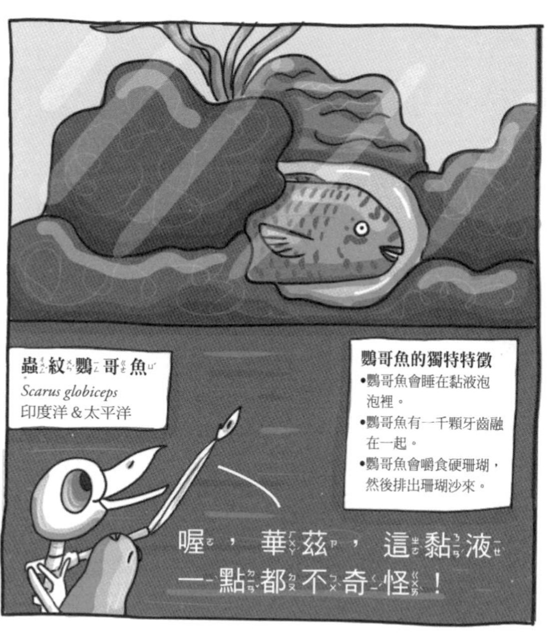
蟲紋鸚哥魚
Scarus globiceps
印度洋&太平洋
鸚哥魚的獨特特徵
•鸚哥魚會睡在黏液泡泡裡。
•鸚哥魚有一千顆牙齒融在一起。
•鸚哥魚會嚼食硬珊瑚，然後排出珊瑚沙來。
喔，華茲，這黏液一點都不奇怪！

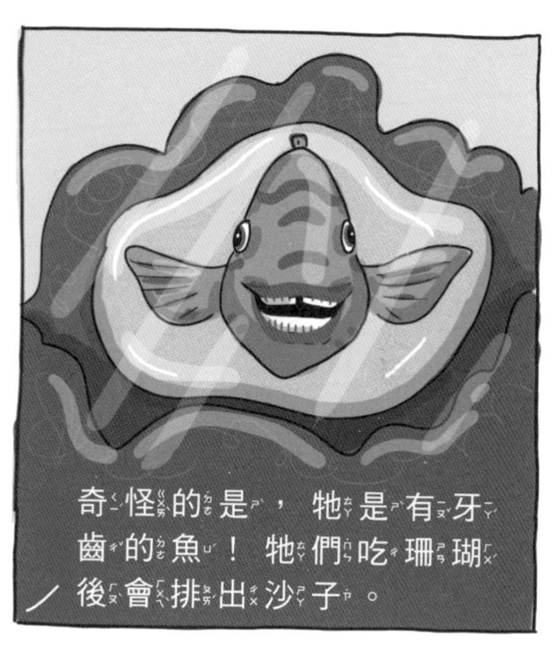
奇怪的是，牠是有牙齒的魚！牠們吃珊瑚後會排出沙子。

那是不是表示，去海灘時，大家都坐在魚便便裡？

嗯，這道水痕把我們又帶回了觸摸池。

我們發現有一個空的章魚池，你要小心點。
為什麼？

因為章魚被那個妖怪弄「章」掉啦！
真的嗎？你們還找到什麼線索？

嗯，我們在一些池子之間發現了空貝殼和水的痕跡。
哇，還真有趣。

我們順著那道水痕，從這裡出發，穿過水族缸，又回到你這裡。

觸摸池 1
哎唷，竟然這麼巧？

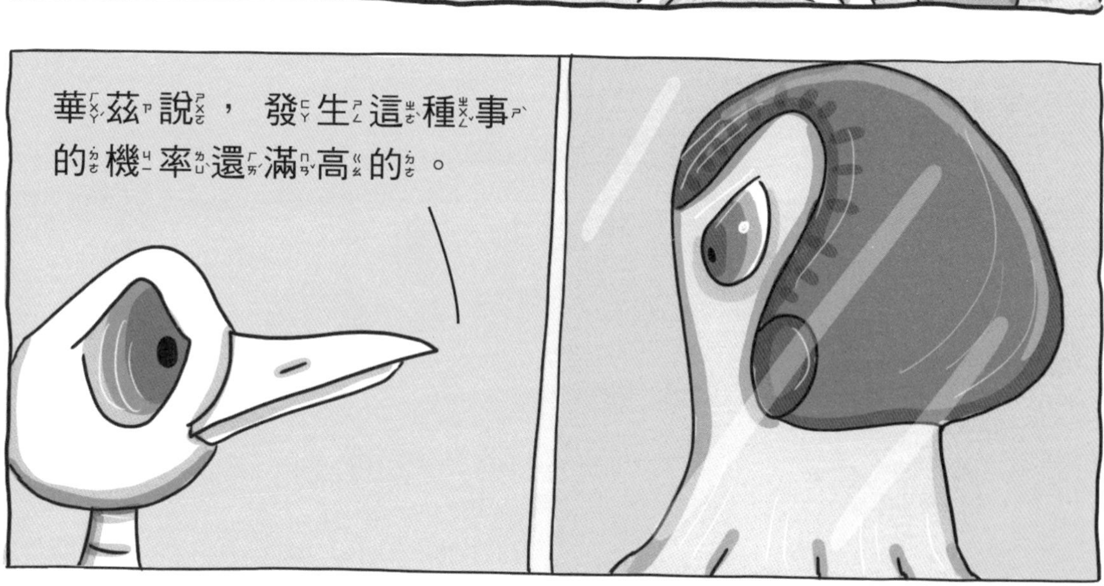
華茲說，發生這種事的機率還滿高的。

據我所知，小朋友是在紅樹林看到妖怪，而不是在潮池。

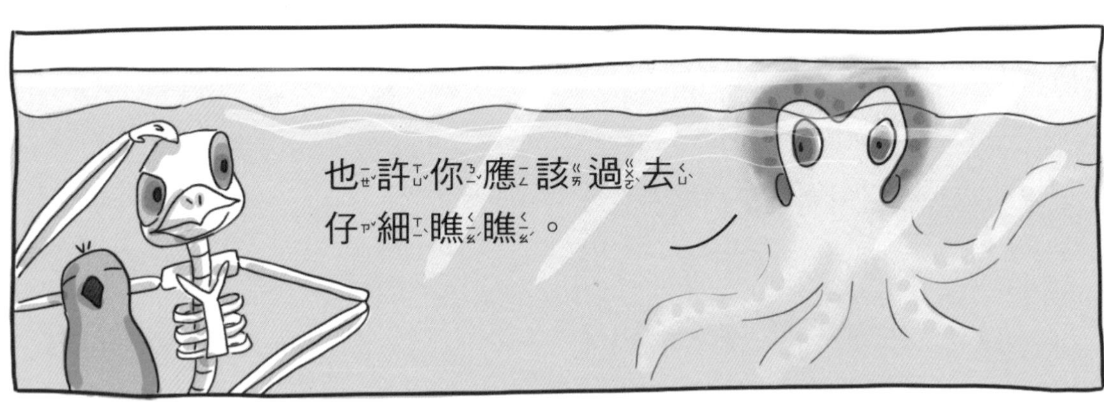
也許你應該過去仔細瞧瞧。

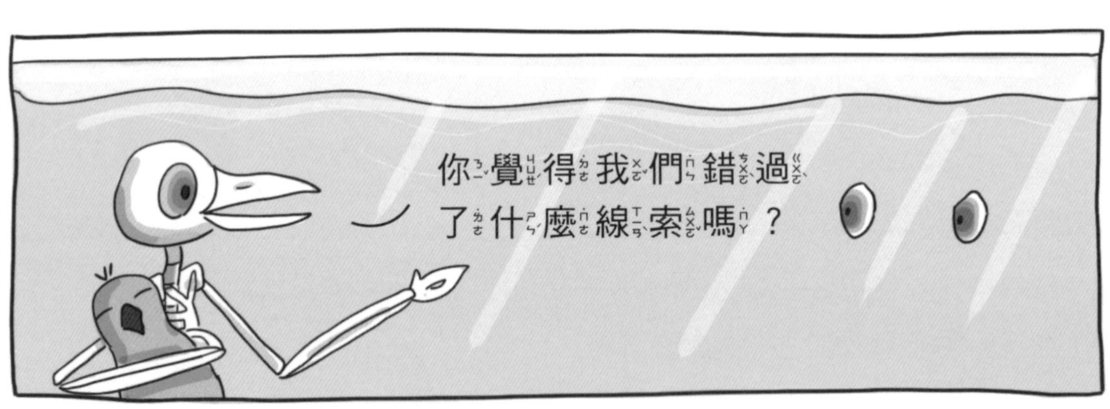
你覺得我們錯過了什麼線索嗎？

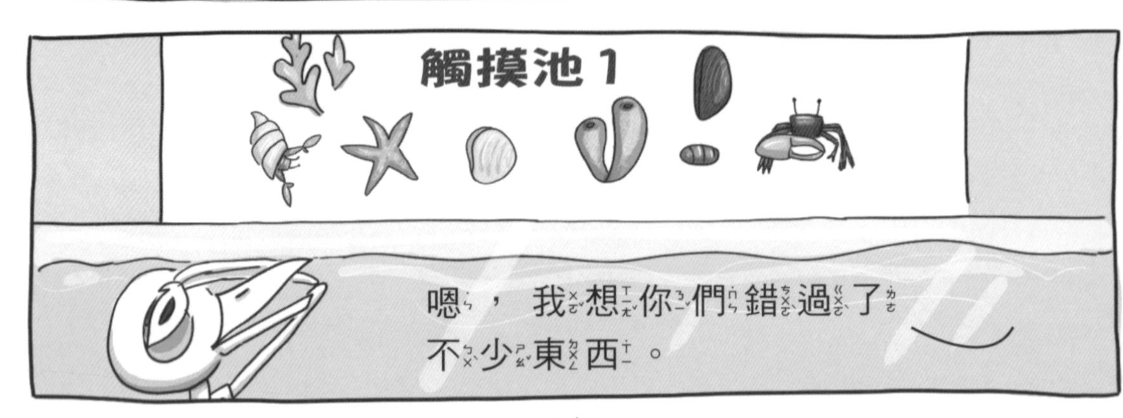
觸摸池 1
嗯，我想你們錯過了不少東西。

我不相信尼夫拉克。華茲，你呢？

哈哈！
沒錯，華茲！
尼夫拉克身上——
沒一根壞骨頭！

可是，那只是因為章魚沒有骨頭……

貝拉瓜斯盾島的紅樹林
為什麼紅樹林很重要？
提供避風港和食物給陸生動物
分解後成為浮游生物和小型水生動物的養分和食物
過濾水
攔截和鞏固沉積物
將將！我們到了！巴拿馬貝拉瓜斯盾島的瀕危紅樹林棲地！

華茲，你說得對。它的名稱好難，我們就用「紅樹林」來稱呼這裡吧！

好了，伙伴們！我們開始找線索吧。

貝拉瓜斯盾島的紅樹林
為什麼紅樹林很重要？
提供避風港和食物給陸生動物
儲存碳
分解後成為浮游生物和小型水生動物的養分和食物
保護土地免於暴風雨和海浪的侵蝕
提供避風港和食物給水生動物
過濾水
攔截和鞏固沉積物
許多重要經濟魚種的育幼場

貝拉瓜斯盾島的紅樹林
為什麼紅樹林很重要？
儲存碳
分解後成為浮游生物和小型水生動物的養分和食物
保護土地免於暴風雨和海浪的侵蝕
提供避風港和食物給水生動物
過濾水
攔截和鞏固沉積物
許多重要經濟魚種的育幼場

嘿，我又找到一個空貝殼了。

喔，我不知道寄居蟹會爬樹。

哈囉！

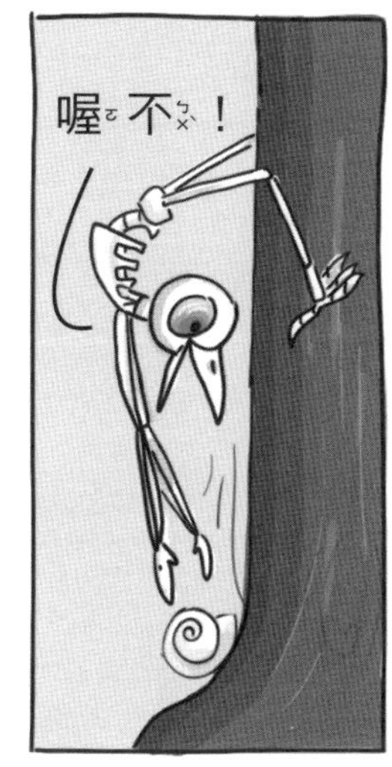
喔不！

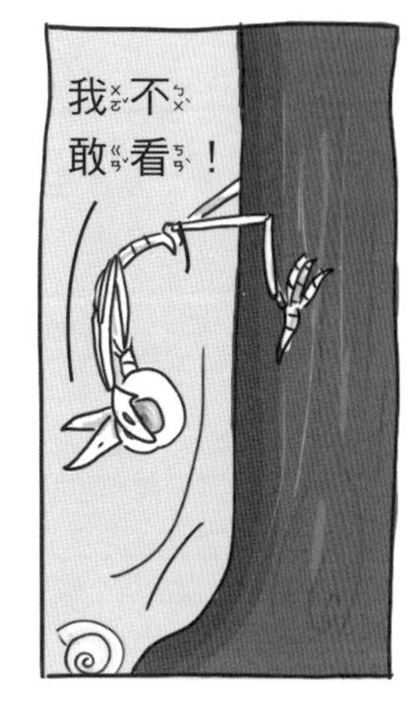
我不敢看！

天啊！我害死寄居蟹了。

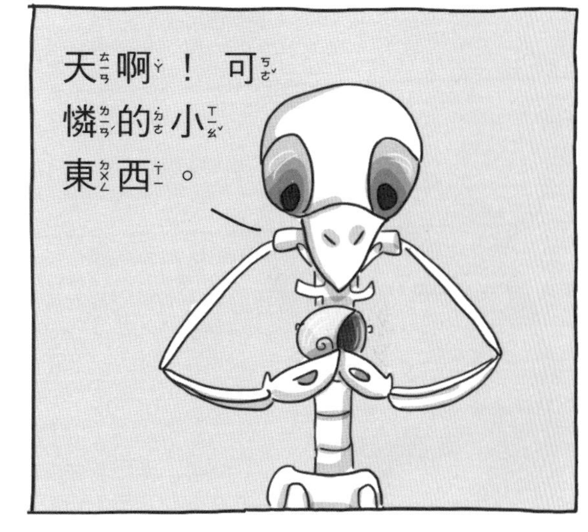
天啊！可憐的小東西。

哇！你看！牠沒事耶！

去吧，兄弟。
你可以和家人還有親戚會合啦！哇！你的家族好大！

葛瑞絲！你一直都坐在那邊嗎？

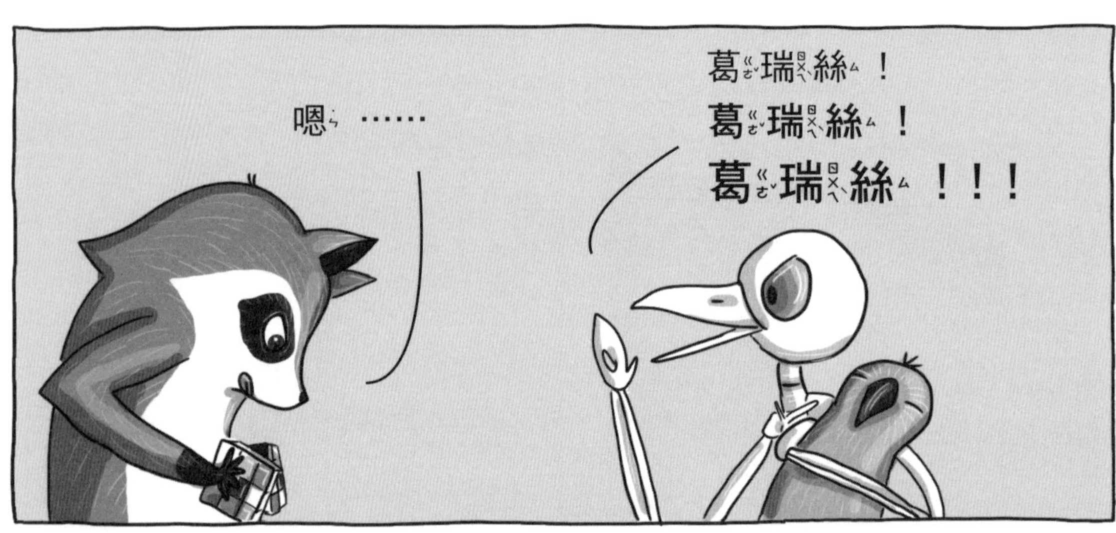
葛瑞絲！
葛瑞絲！
葛瑞絲！！！
嗯……

別管我，
你們繼續，
我負責把風。

沒錯！這些紅樹林是從巴拿馬來的。

巴拿馬是一個中美洲的國家。為什麼問這個？

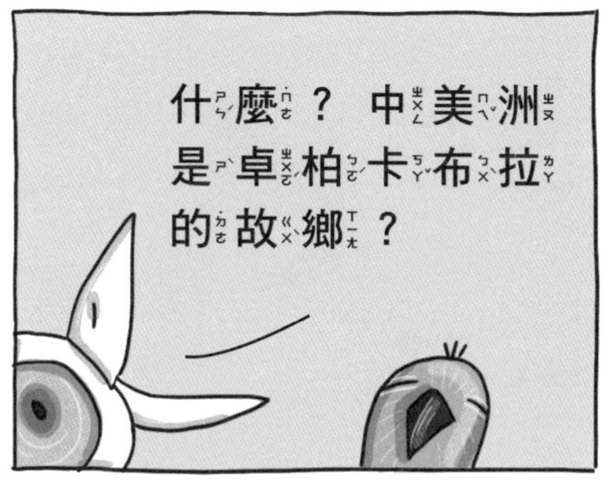
什麼？中美洲是卓柏卡布拉的故鄉？

等等，
他是哪一位啊？

喔……就是會把受害者的血吸光，超級令人發毛的那一個嗎？

葛瑞絲？
你聽到了嗎？
葛瑞絲？
嘿……

卓柏卡布拉會把你的血吸光光喔。
嗯……人生爛透了，我聽過這個說法。

骨爾，你想法應該盡量正面一些。

葛瑞絲，你知道嗎？館長把那個放在抽屜裡，可能是為了在想吃巧克力的時候轉移注意力。

喔，抱歉。
你剛說了什麼嗎？

我就是這個意思。

葛瑞絲，這些紅樹林真的很酷。
我覺得，這些樹木很普通。

這些樹木很特別喔。
它們還是樹啊。

這些樹可以在鹽水裡生長。
嗯……也還是樹啊。

葛瑞絲，大多樹木泡在鹽水裡是活不了的！
嗯……

注意你的——

腳邊。
還好！
差一點。

怎麼啦？
葛瑞絲？
看起來像是哺乳類的便便，還有蟲子。

嗯，這裡只有你是哺乳類。
別看我，不是我的。

你知道大家都怎麼說，
「誰聞到就是
誰放的屁」。
那個俗語跟
便便一點關
係也沒有！

嗯，也許有……

華茲，問得好。
如果真的不是葛瑞絲的
便便，那會是誰的？

當然了！這是個線索！
沼澤妖怪一定是哺乳類！

你知道螃蟹為什麼要過馬路嗎？
我不知道，也不在乎。

為了到另一邊去。

我也要到另一邊去。我要到上面找線索，遠離這些蟲子。

嘿！
你還在找線索嗎？

嗯……是啊。我在上面好忙喔！

吼，誰會想住在這裡啊？
很多動物啊。小魚為了避開掠食者，喜歡躲在樹根之間。

有很多動物全世界只有這座島有。我們一定要好好保護它！
貝拉瓜斯盾島的紅樹林
我們一直在種樹好幫助這座島重建森林，
保護那些因棲地破壞而有危險的特有種動物。
盾島果蝠
侏儒三趾樹懶
Bradypus pygmaeus
Oedipina maritima

那就是這裡擠了這麼多螃蟹的原因嗎？

我不知道，不過看起來有點多過頭了。

你知道嗎，華茲，這些小蟲子有點不尋常……
如果你說不尋常的意思是令人發癢，又很煩人，那你說的對。
嘎唧！
說到煩人——妖怪又發出那個嘎唧嘎唧的聲音。

聽起來好像是從珊瑚礁池子傳出來的！
太好了！我們去查查吧！

真的嗎？你現在想幫忙啦？
喔，因為那件事聽起來沒這些蟲子煩。

第七章　不可思議

什麼？

我們會到處飛一飛，
找找看那個妖怪。
喔，好。

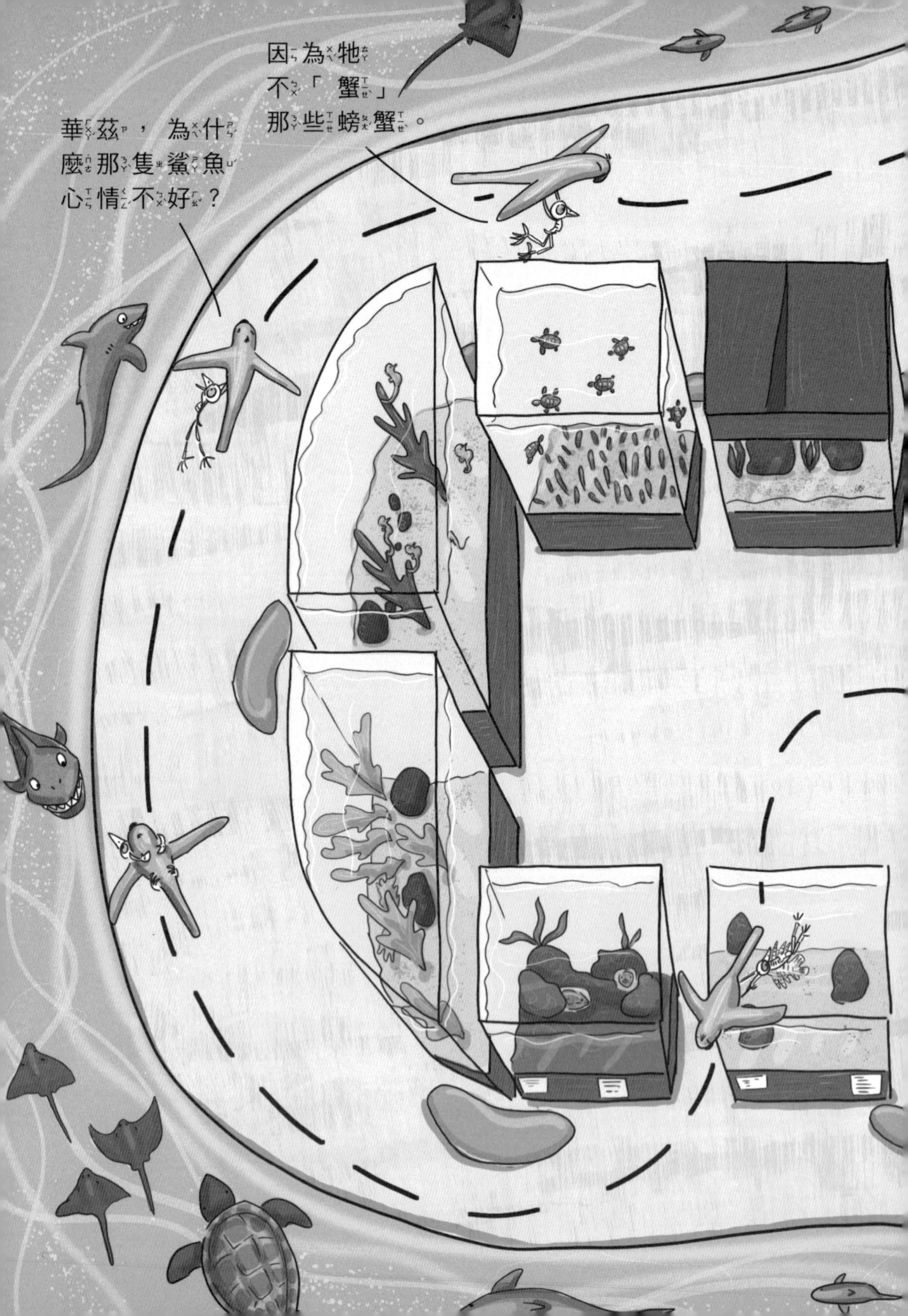
華茲，為什麼那隻鯊魚心情不好？
因為牠不「蟹」那些螃蟹。

我會接住你們！

哐ㄎㄨㄤ啷ㄌㄤ！

三斑雙棘魨
Dicotylichthys punctulatus
印度洋 & 太平洋

三斑雙葉鯆
Dicotylichthys punctulatus
印度洋 & 太平洋

喔，玻璃上都是點點，可以玩連連看！

嘿，過來瞧瞧這隻魚！

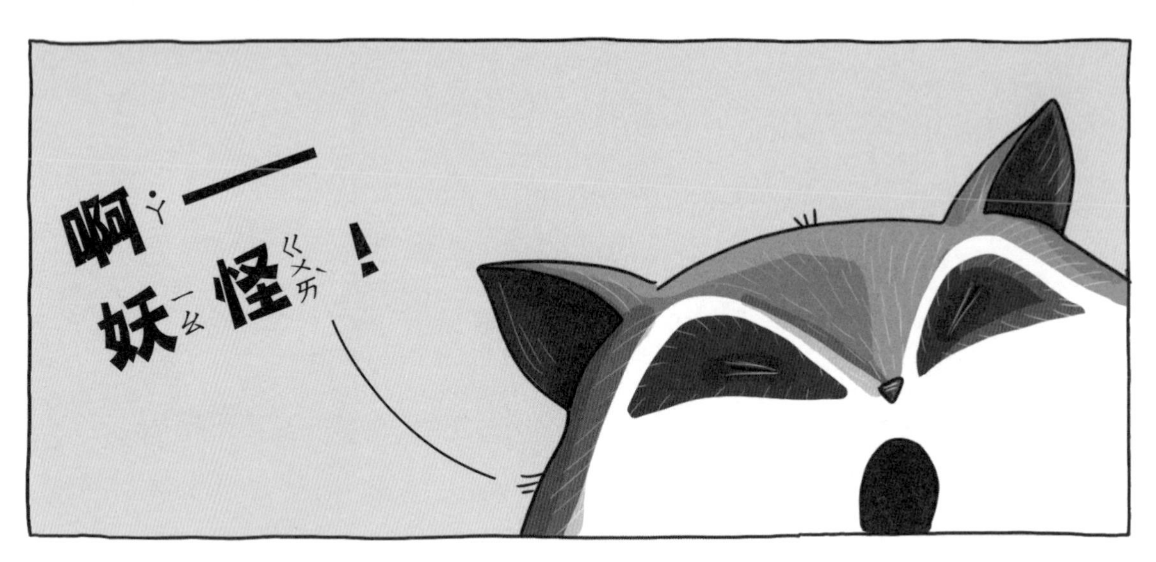
啊——
妖怪！

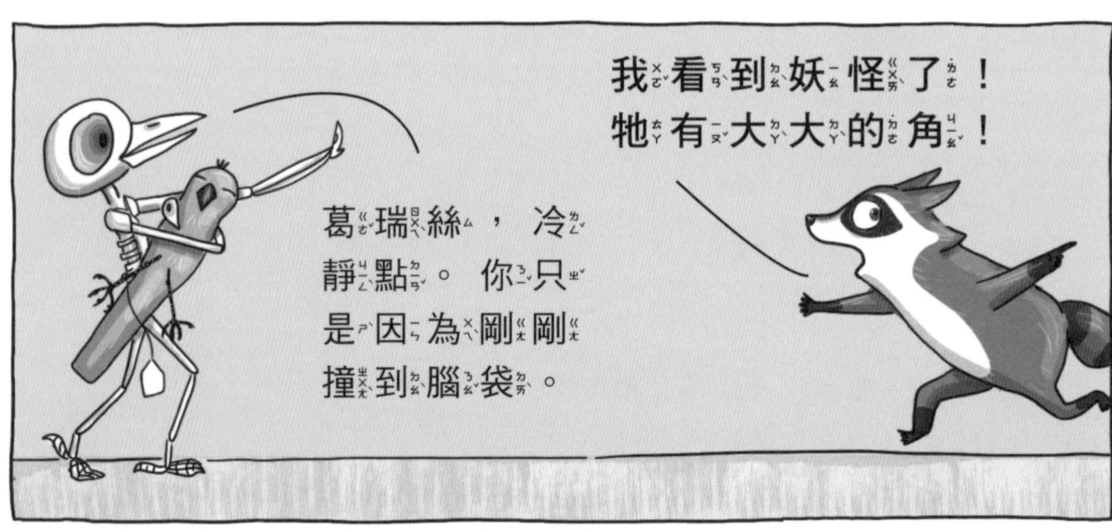
我看到妖怪了！
牠有大大的角！
葛瑞絲，冷靜點。你只是因為剛剛撞到腦袋。

有、有！
我看到了，
牠長了角！
真的嗎？
角？
我不記得沼澤妖怪頭上有角啊？

葛瑞絲，好了，我們相信你。告訴我們，你在哪裡看到長角的妖怪。
喔，我本來在玩連連看……

……然後就在這裡看到妖怪。
三斑雙葉鲀
Dicotylichthys punctulatus
印度洋＆太平洋

可是這裡頭只有這隻雙葉鲀。
那個妖怪真的在裡面！牠有這麼大！

這隻小魚也看到了，
對吧，小魚仔？
那個巨大可怕的沼澤
妖怪往哪裡去了？

如果妖怪真的很大，我們不是會看到牠在水池裡，或是溜走的身影嗎？

華茲，說得好，如果是尼夫拉克就另當別論。可是，妖怪不可能是牠，因為這不是牠的池子。

葛瑞絲，好眼力。你找到更多線索了。
真的嗎？

一定有什麼給這條魚帶來壓力！不是沼澤妖怪就是那個噪音！我們必須解開這個謎團的另一個原因是——
讓這條魚重新快樂起來！

章魚常識
你知不知道章魚……
• 可以迅速改變顏色和形狀
• 有八條腕足，附有吸盤
• 如果腕足被截斷，會重新生長
• 沒有骨架，代表可以擠進狹窄的空間
• 短時間內可以在陸地上存活
• 肉食性，吃貝類為生
• 受到驚嚇的時候會噴「墨汁」
華茲，你好像可以看透我的心思，我正在想同樣的事情。
海藻章魚
Abdopus acul
印度洋&
玳瑁
elys imbricata
洋和珊瑚礁

葛瑞絲，你覺不覺得，有些池子看起來不大一樣？
嗯……

葛瑞絲！有些池子看起來是不是不同？
什麼池子？

這些池子！
我以前沒看過這些池子啊！

明明有！我們剛剛才經過這邊。

嘎ㄍㄚ唧ㄐㄧ！
鸚哥魚的獨特特
•鸚哥魚會睡在
泡裡。
•鸚哥魚有一
在一起。
•鸚哥魚會嚼食硬
然後排出珊瑚沙
印

嘎唧！
觸摸池1

觸摸池2
CALVIN

CALVIN(凱文)
國立小學
嗯，華茲，你說得對。我們回到尼夫拉克的池子了。

又一次。

尼夫拉克在哪裡？
CALVIN(凱文)
國立小學

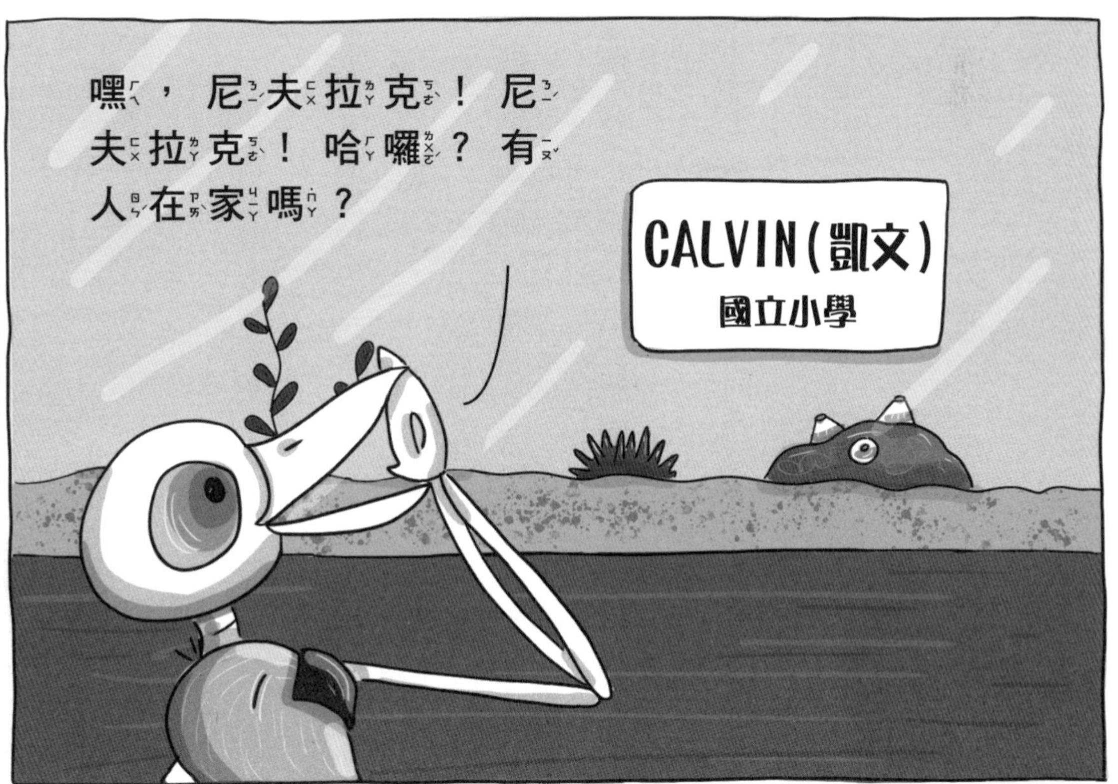
嘿，尼夫拉克！尼夫拉克！哈囉？有人在家嗎？
CALVIN(凱文)
國立小學

他是不是偽裝成這顆石頭？

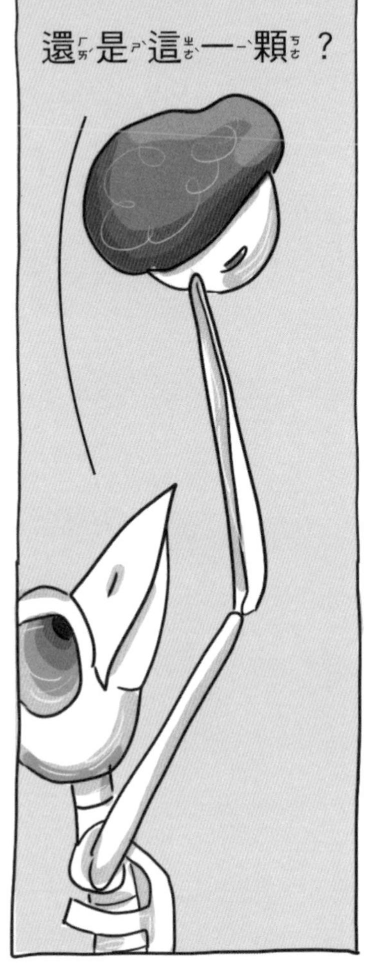
還是這一顆？

華茲，我確定這是他的池子。

嗯……
你說得對，這些標示沒一個真的寫了「章魚」。

觸摸池2
可是這個池子上頭寫著「尼夫拉克」。
CALVIN(凱文)
國立小學

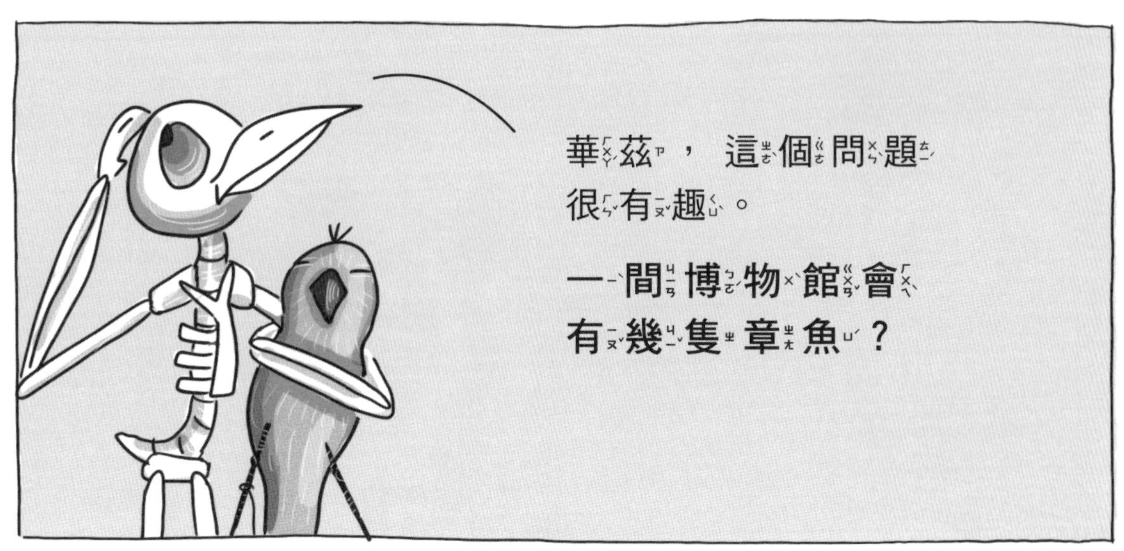
華茲，這個問題很有趣。
一間博物館會有幾隻章魚？

葛瑞絲，你記得我們之前發現的那個空章魚池嗎？
喔，當然記得，就那個嘛。

太好了，我要你去確認一下。
再說一次，它在哪邊？

往那邊走。
我該找什麼呢？

葛瑞絲，
線索啊！

別再玩那個
玩具了！
這才不是
玩具。
這是複
雜的巧
克力藏
寶謎題。

葛瑞絲，
交出來。

我要暫時把這個沒收，
等你回來的時候再拿。

可是我的巧克力怎麼辦？
我都快破解了。

別擔心。你回來以前，魔術方塊都會好好的放在這邊。
現在你去找那個空章魚池，我們負責去找尼夫拉克。

第八章　別再亂開玩笑了

葛ㄍㄜˇ瑞ㄖㄨㄟˋ絲ㄙ！
你ㄋㄧˇ在ㄗㄞˋ做ㄗㄨㄛˋ什ㄕㄣˊ
麼ㄇㄜ˙？

你應該在忙調查才對。
嗯……

你應該去找章魚池的！
嗯……

算了！

我們自己來。
嗯……

嘿！別把藍色那面弄亂了！
嗯……

嗯——喔！

尼夫拉克？

你假扮成我的樣子嗎？

嘿，哈囉。

骨爾！
華茲！
我找到尼夫拉克了！

我跟你說，你不在觸摸池的時候，骨爾還以為你是那個妖怪，可是……

嘿！你在這裡做什麼？尼夫拉克？
對啊，尼夫拉克，你在這裡幹嘛？
嗯，對啊、對啊。

把那個給我！別人在跟你講話的時候，你還顧著玩，這樣很沒禮貌耶！

骨爾你看，尼夫拉克就是那個妖怪。尼夫拉克，快變啊。
變什麼？

尼夫拉克，少來了。把角變出來。

好吧。

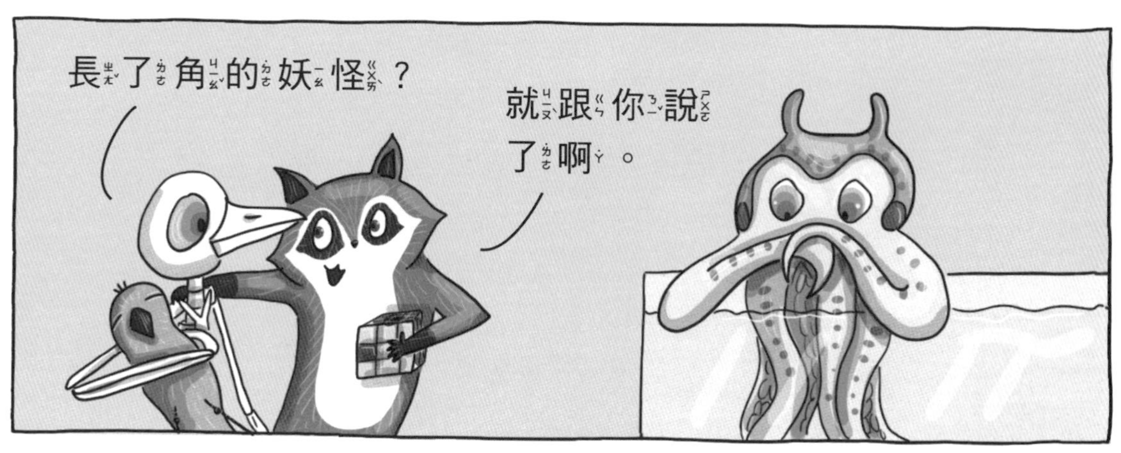
長了角的妖怪？
就跟你說了啊。

對啊，華茲。很有趣，我們第一次見到尼夫拉克的時候，他在遠遠那邊的潮池裡……

現在，尼克拉克就在這裡，跟這些礁岩區的魚在一起。可是，這裡沒有寫著「有章魚」的標示。

現在，
章魚池或是觸摸池裡，
都沒有章魚。
對嗎？尼夫拉克？

第九章　你逗我哈哈笑

嘎唧！
嘎唧！

尼夫拉克剛剛是不是放了屁——

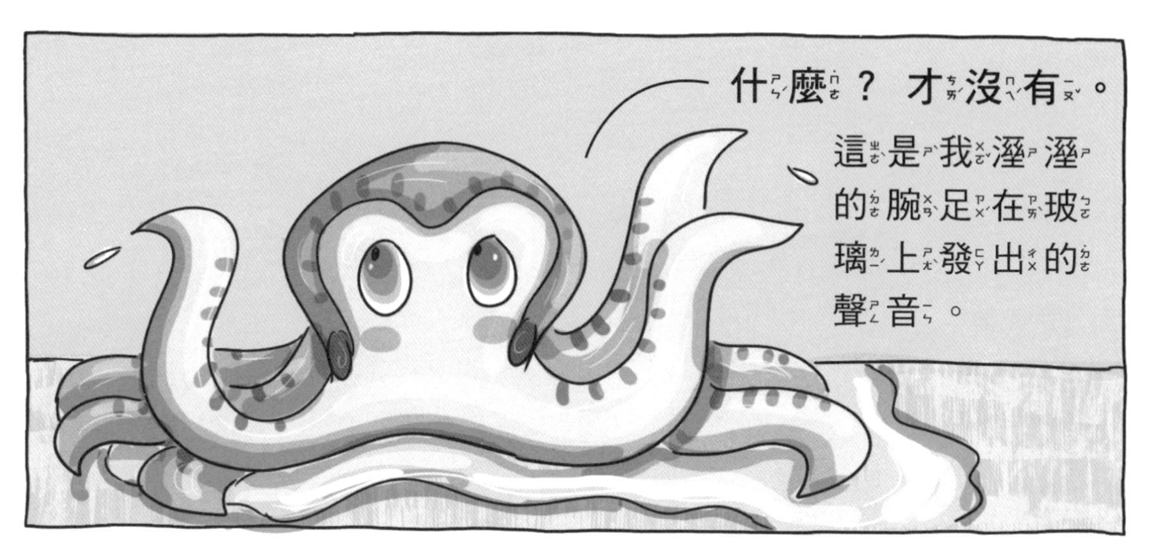
什麼？才沒有。
這是我溼溼的腕足在玻璃上發出的聲音。

喏，看好！

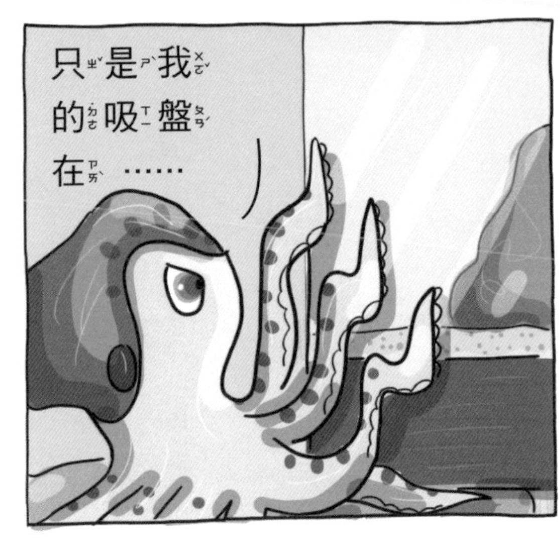
只是我的吸盤在……

……在玻璃上。

看吧？
嘎唧！

呵呵，尼夫拉克又放屁了。

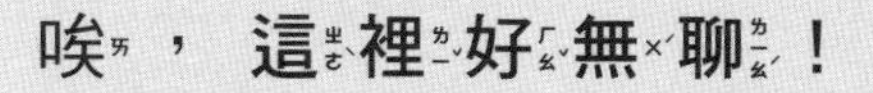

唉，這裡好無聊！
我整天困在一個池子裡，
只有這個罐子可以玩。
整天打開、關上罐子，
都快把我逼瘋了！
我需要到外頭來透透氣，
享受這間博物館所有……
美妙和可口的東西。

更不用說這些池子的設計！他們只是在這個池子裡隨便放顆石頭。這顆石頭應該要偏離中心，再用適合的植物或貝殼維持空間平衡。現在看起來根本一副還沒完成的樣子！

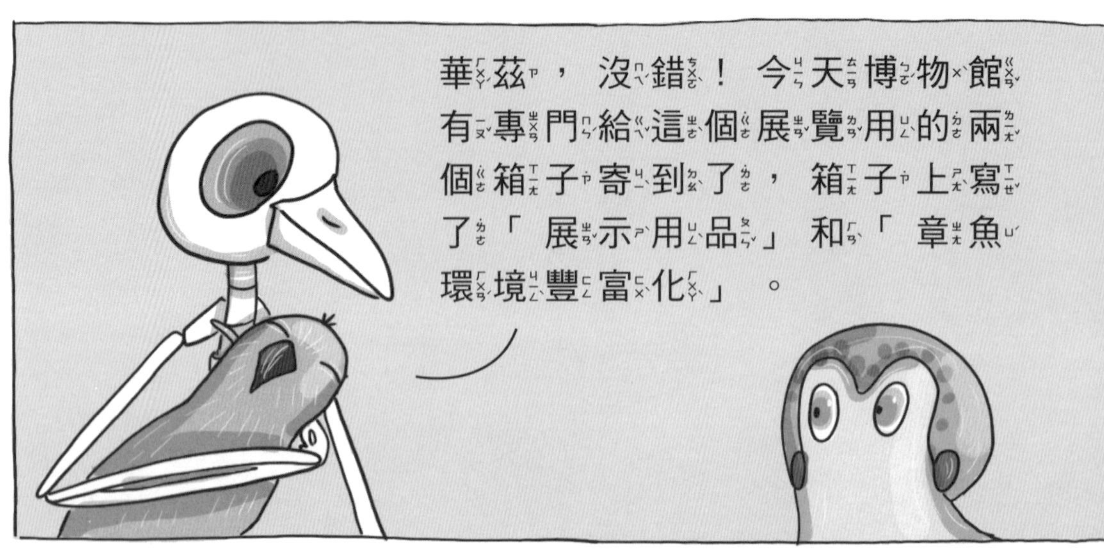
華茲，沒錯！今天博物館有專門給這個展覽用的兩個箱子寄到了，箱子上寫了「展示用品」和「章魚環境豐富化」。

尼夫拉克，我也很好奇你對我們展覽有什麼看法。我一直覺得設計可以更——

喔，等等，我想說的是……
你好大的膽子！竟然摸黑在博物館跑來跑去？實在太不尊重！

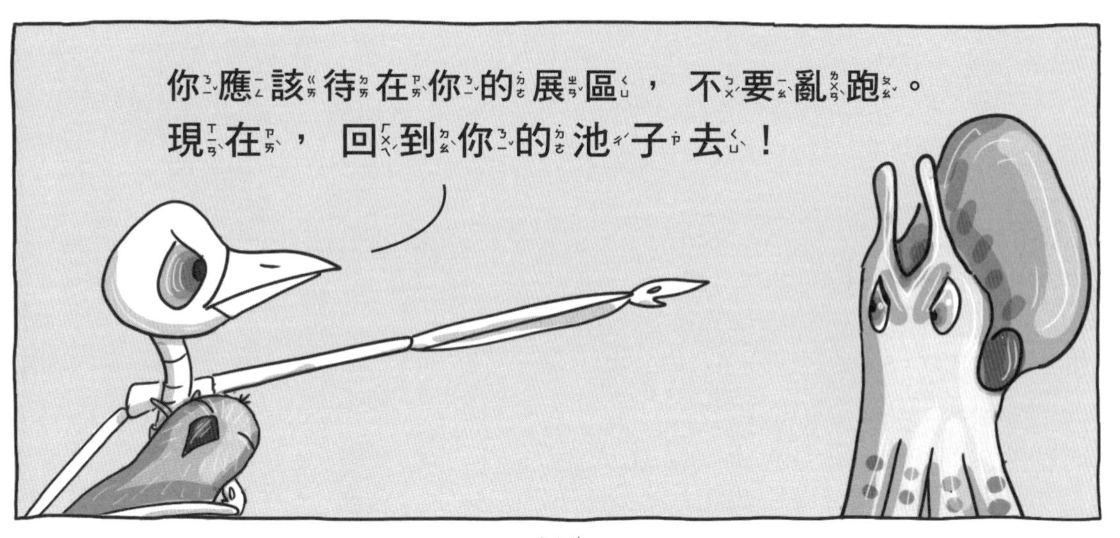
你應該待在你的展區，不要亂跑。現在，回到你的池子去！

那你的展區又是在哪？

先穿過森林區，右轉路過大廳，然後……

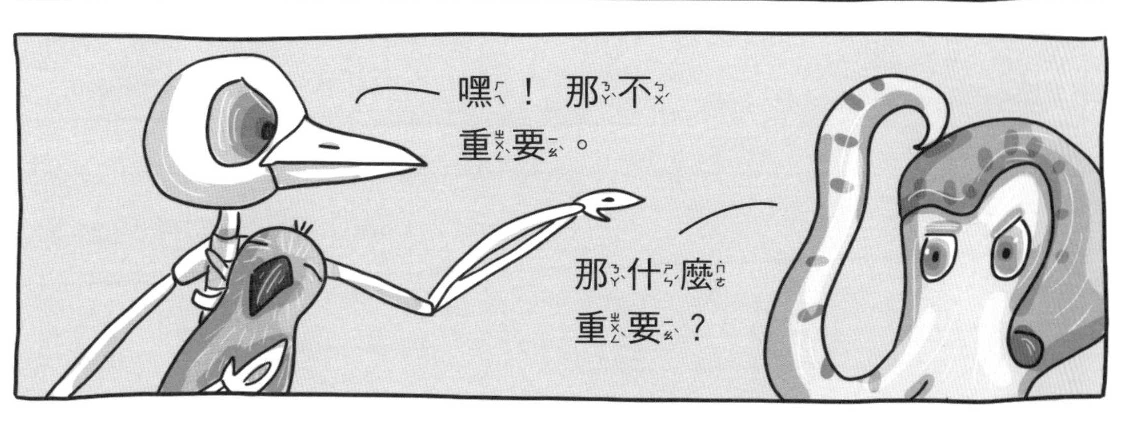
嘿！那不重要。
那什麼重要？

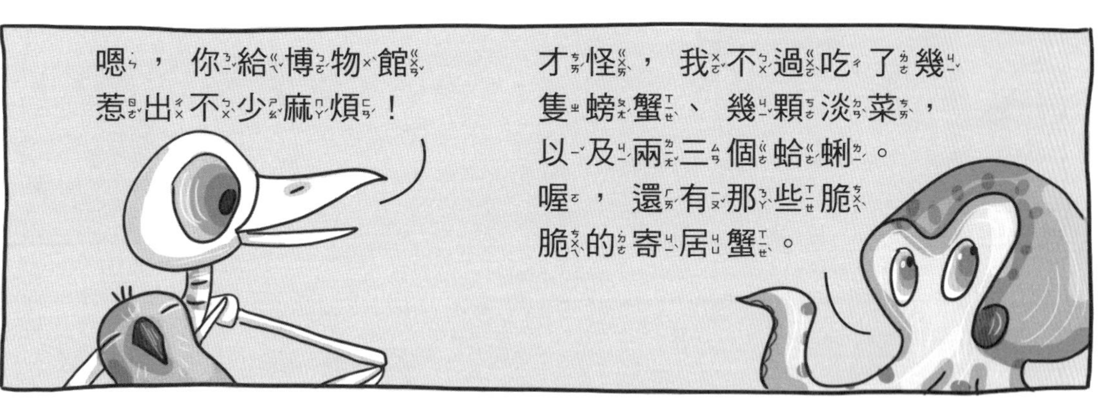
嗯，你給博物館惹出不少麻煩！
才怪，我不過吃了幾隻螃蟹、幾顆淡菜，以及兩三個蛤蜊。喔，還有那些脆脆的寄居蟹。

說到闖禍精，警衛常說看到一個小小的鬼骷髏，夜裡老是在博物館裡晃來晃去。

我不喜歡這場對話的走向。

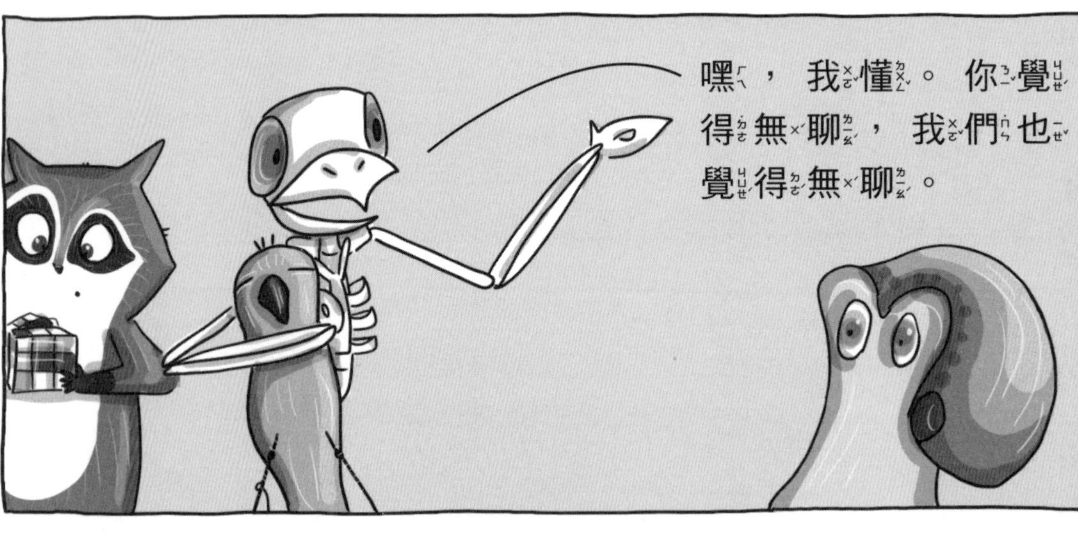
嘿，我懂。你覺得無聊，我們也覺得無聊。

可是我們會破解謎團……

經你這麼一說，
我想我明白你的意思了。

我們帶你回到適合的池子吧。

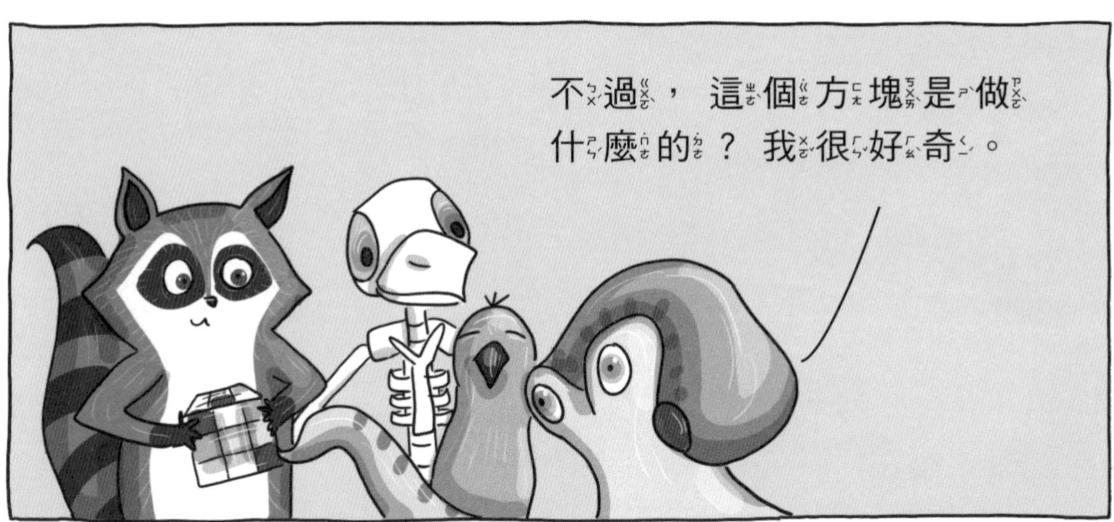
不過，這個方塊是做什麼的？我很好奇。

這是魔術方塊。你瞧，如果把同一個顏色都集中在一面，會掉出一堆巧克力喔！

嘿……我覺得這裡面什麼也沒有。

葛瑞絲，往好處想。我們破解了這個謎團——這都多虧了你！
什麼謎團？

沼澤妖怪謎團啊！「失蹤的」章魚、空空的貝殼、地板上的水漬、討人厭的嘎唧聲……都跟你有關，你就是沼澤妖怪。
這裡又不是沼澤，你講的是紅樹林吧？

可是你是嚇到孩子們的那個妖怪啊。

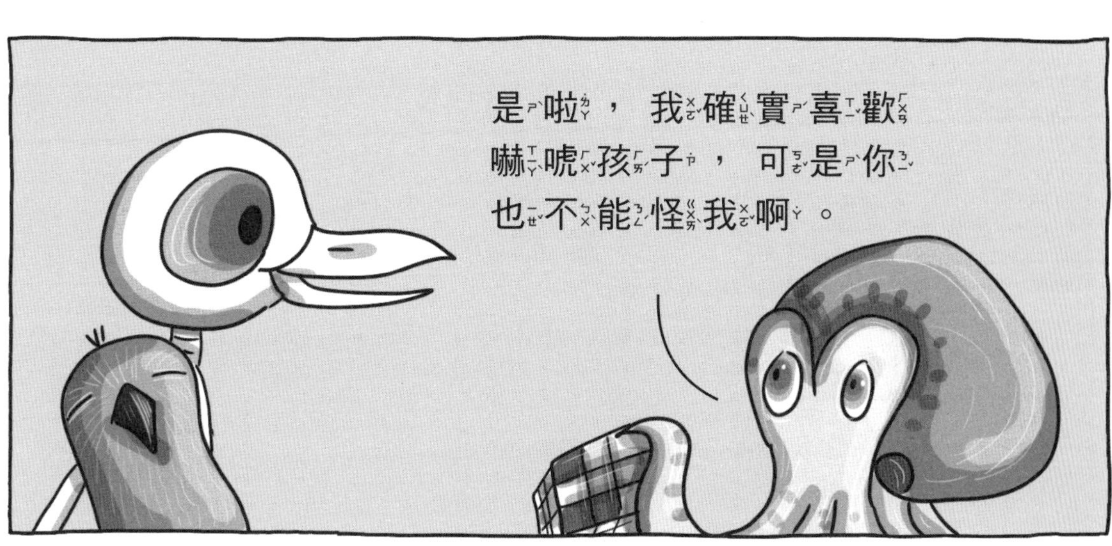
是啦，我確實喜歡嚇唬孩子，可是你也不能怪我啊。

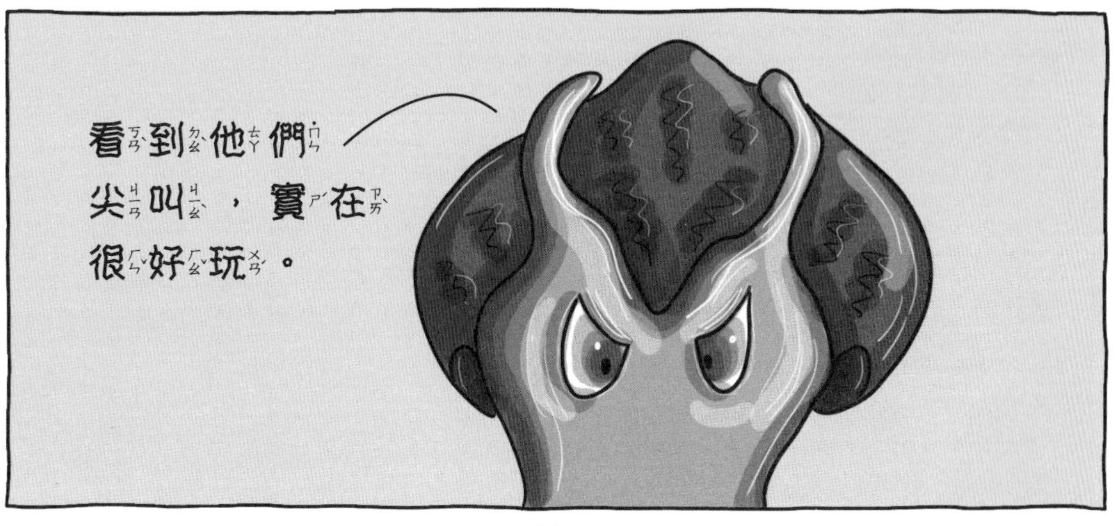
看到他們尖叫，實在很好玩。

看吧！結案了！你就是沼澤妖怪。
你確定嗎？

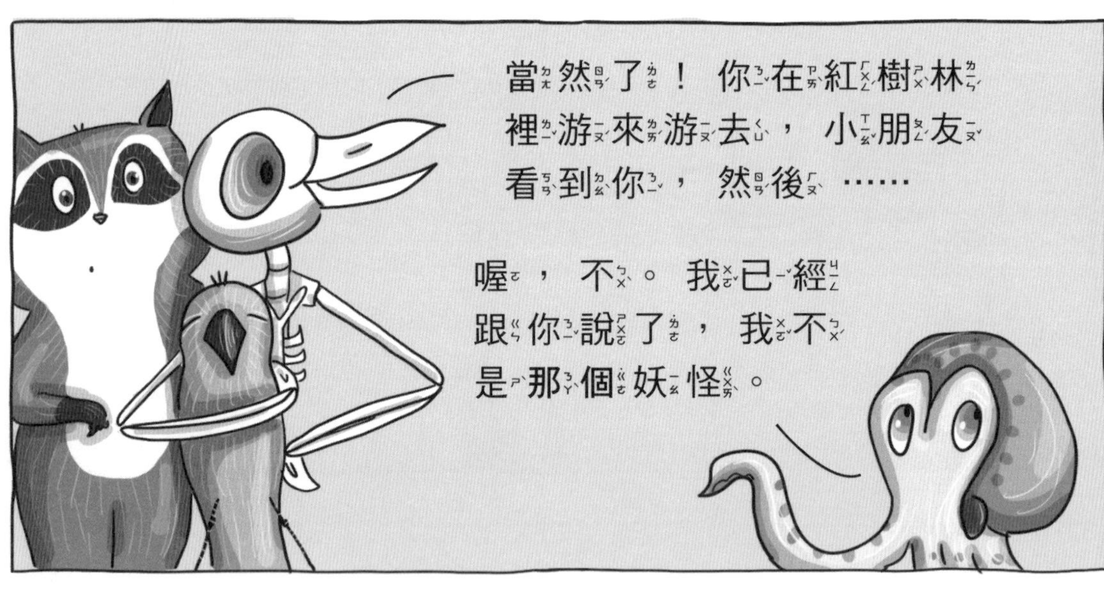
當然了！你在紅樹林裡游來游去，小朋友看到你，然後……
喔，不。我已經跟你說了，我不是那個妖怪。

你說「那個妖怪」，是什麼意思？

我又去不了紅樹林。

為什麼不行？
就是沒辦法，太遠了。

喔，那些爪子脆脆的小螃蟹，牠們整天對著我招手。我好愛你們喔！可口的蟹蟹。你們要不要回去觸摸池呢？

可是你明明說，你在紅樹林裡沒看到什麼不尋常的狀況。
是啊，我什麼也沒看到啊。

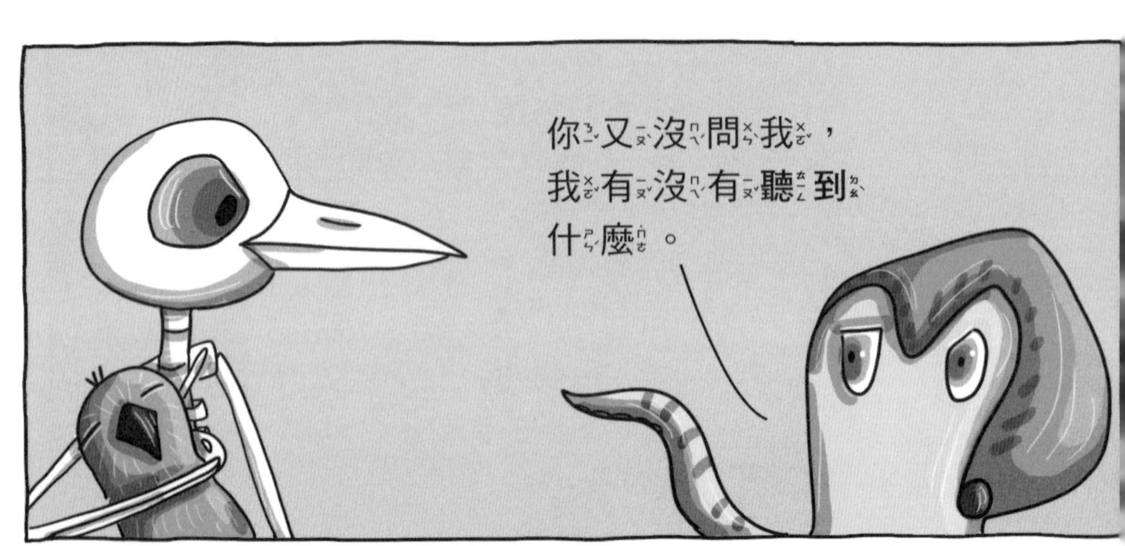
你又沒問我，我有沒有聽到什麼。

你聽到什麼了？
響亮又可怕的吼聲。一星期大概會從紅樹林傳來一次。光是想到，心裡就發毛。

你介意這個先放我這邊嗎？

這是不是表示，
不只沒有巧克力，
而且還有另一個妖怪？
吼喔！
葛瑞絲，
我想是的。

吼喔！
嘩啦啦！

本來就是。

第十章　咄咄逼人
吼喔！
在水裡！那就是沼澤妖怪！原來真的有！

華茲，我同意。
比我想像中來得小。
喔，糟糕，牠往這裡來了！

快逃命啊！！！

我想我們跟丟了。

牠去哪了？

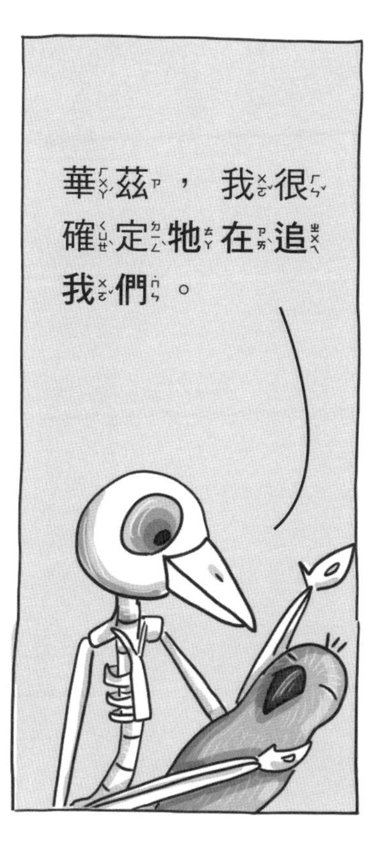
華茲，我很確定牠在追我們。

嗯，如果你這麼肯定，那你去確認牠！

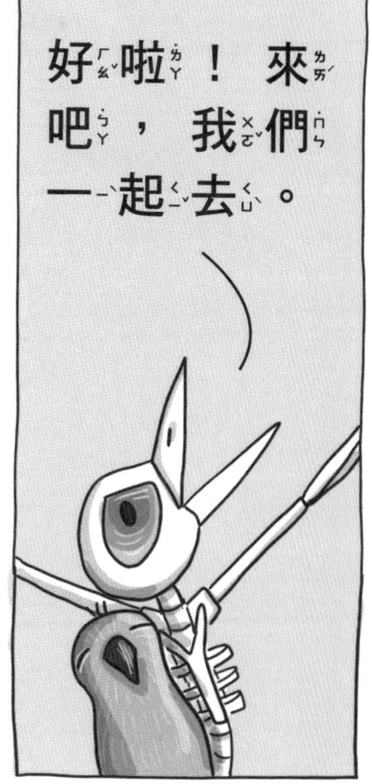
好啦！來吧，我們一起去。

我不是應該在這裡等你們嗎？我可以去找救兵。
葛瑞絲，來吧。

在那邊！你看
那一身雜亂的
綠色毛皮！

那些恐怖的爪子！

圓圓的小眼睛！

令人不寒而慄的笑容。

牠就是那個叫卓柏什麼的沼澤妖怪，牠要往這邊來了！

牠還在往這邊來，對嗎？

這是慢動作？

葛瑞斯，你看得出牠還在動嗎？

算有在移動吧。

牠現在在幹嘛？

嗯，看起來牠準備要……

好尷尬喔！
嘿，那就解釋了為什麼會有妖怪便便。

看吧，就跟你們說那不是我的。

對，華茲。我確定那個便便會提供寶貴的養分給這棵樹，可是還是很令人難為情。

需要有人確認一下
牠結束了沒有。

我才不要看，
你自己去看。
華茲？

葛瑞絲，都好了。現
在安全，可以張開眼
了。華茲，謝謝。

牠在爬那棵樹！
快一點！
我們必須逮到牠。
這件事不
用急——

咦！那個沼澤妖
怪到哪去了？

貝拉瓜斯盾島的紅樹林
我們一直在種樹好幫助這座島重建森林，
保護那些因棲地破壞而有危險的特有種動物。
這些特有種動物只住在這座島上，全世界其他地方都沒有！
盾島果蝠
Artibeus incomitatu
侏儒三指樹懶
Bradypus pygmaeus
低窪板足螈
Oedipina maritima
蛾的幼蟲吃便便為生，直到成熟，然後飛回樹懶身上。
蛾住在樹懶的皮毛裡，並以讓樹懶毛皮變綠的藻類為食
樹懶每星期從爬下樹木便便，蛾就在便便裡下蛋。
葛瑞絲，牠不是沼澤妖怪。牠是瀕危的侏儒三指樹懶，住在巴拿馬一個小不隆咚的島嶼上的紅樹林裡。牠一定是搭了便車，不小心跟著其中一棵樹來到這間博物館的。
怎麼都沒人發現？

因為樹懶移動的速度很緩慢，而且長在毛皮上的綠藻讓牠們在樹葉之間很難被看見。更別說，牠們一星期只從樹上下來一次，為了便——
嗯，我知道了……不幸的是，也見識過了。

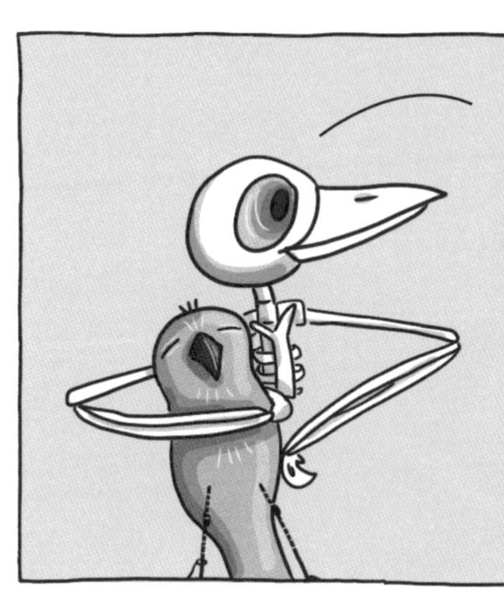

難怪上星期只有那些小朋友看到，這樣就說得通了。

謎題破解！
巧克力時間到，我們走吧！

等一下！

我們還有個新謎團要破解！
可是我們才剛解開這個以及之前的另一個謎團！

這個謎團更重要，也更神祕。

華茲，沒錯。

這個謎團就是：
我們要怎麼讓博物館
注意到這隻很會偽裝
的樹懶？
那不算真正
的謎團。

第十一章　沒什麼可怕

華茲，我也同意葛瑞絲的看法。可是你不得不承認，一口氣說完「我們要怎麼讓博物館注意到這個很會偽裝的樹懶謎團」很好玩。

我們為什麼一定要讓博物館發現那隻樹懶？牠在這裡看起來很開心啊。

吼喔！
也許沒那麼開心。

我想牠是在呼喚伴侶。牠是瀕危物種，我們必須讓牠回到野外和同伴在一起。要做到這件事唯一的辦法是——
讓博物館的人注意到牠。

華茲，沒錯。我們需要一個計畫。
我有個很棒的計畫！我們讓警衛看看這隻樹懶。

可是我們總不能直接走到警衛面前，跟她說有樹懶吧？
為什麼不行？博物館裡只有她。

她也很怕我，而且我們不能讓她知道你還在這裡。
喔，對耶。

華茲，這就對了！
好主意！

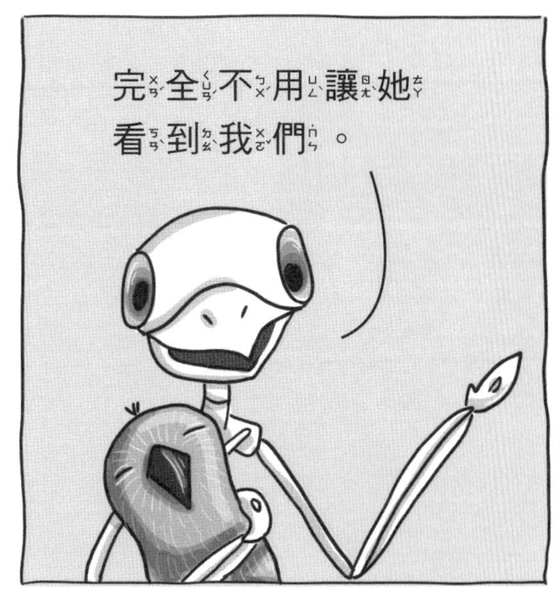
完全不用讓她
看到我們。

只需要讓她聽到我們的聲音，或是聽到我們模仿樹懶發出沒那麼嚇人的聲音。
我剛剛就是這個意思啊。

葛瑞絲，你能不能發出又大又怪的噪音，這樣警衛就不得不來調查？

我可以像狗那樣吠。

那一定能引起她的注意！

雨林生態區＆大廳

計畫是這樣的：

我會在門的這一邊揮動華茲，
讓園丁鳥分心。

你快速穿越森林區，打開通往
主要通道的門，找好一個藏身
地點，然後大聲吠叫。

警衛一走進森林區，我們就從裡面發出吠叫。

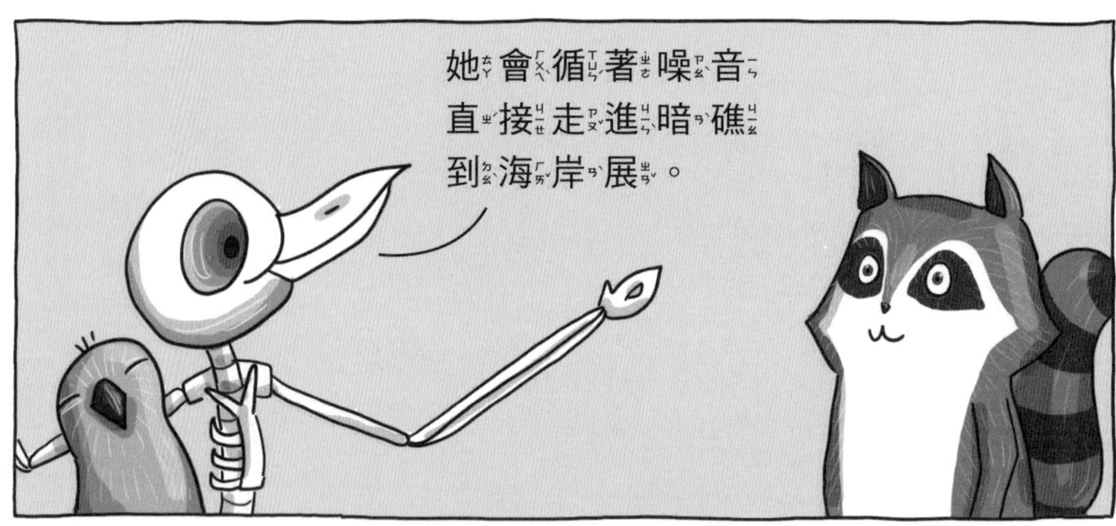
她會循著噪音直接走進暗礁到海岸展。

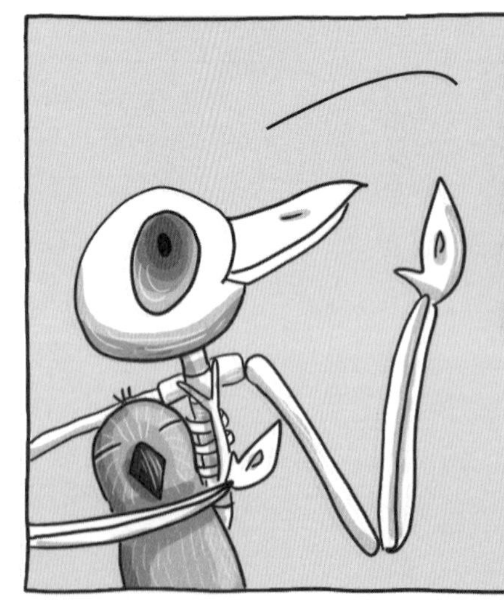
接著樹懶會大吼，警衛就會發現牠，謎團就能破解了！
就像是用噪音留下蹤跡？

沒錯。

所以我只需要發出吠聲，然後躲起來？
這我完全辦得到。

可是要記得，你不能被警衛看見。
你也不能啊。

對啦，可是她認為我是鬼魂，而她知道你是浣熊。
所以？

雨林生態區&大廳

博物館除不掉鬼魂，
不過可以送走浣熊……

你們放心，我只是需要吠一吠，然後躲起來。

華茲？什麼？

葛瑞絲，要記得：先躲起來，然後才吠！
不管你做什麼，都不要讓她看見你！

我確定她聽到我說的了。

巴嚕！
她辦到了！雖然就我聽來，更像嚎叫，而不是吠叫。

成功了！我真以她為榮。雖然我曾經懷疑她，但葛瑞絲真的成為一個了不起的——

嘿！你在幹嘛？你應該躲起來的！
她看到我了！

叮鈴
叮鈴
葛瑞絲，快跑到紅樹林那裡！我們到那邊會合。

巴嚕！
叮鈴
叮鈴

你在哪裡？你這個戴面具的放肆毛球？
叮鈴
叮鈴

快！爬到樹上去，我們得找到樹懶。
別出聲！

啪ㄆㄚ嚓ㄘㄚ！
叮鈴
叮鈴

找ㄓㄠˇ到ㄉㄠˋ你ㄋㄧˇ了˙ㄌㄜ。
啊ㄚˊ——喔ㄛ。

我逮到你了！

啊啊啊啊啊！！！

是妖怪！

一個面帶笑容的可愛妖怪……

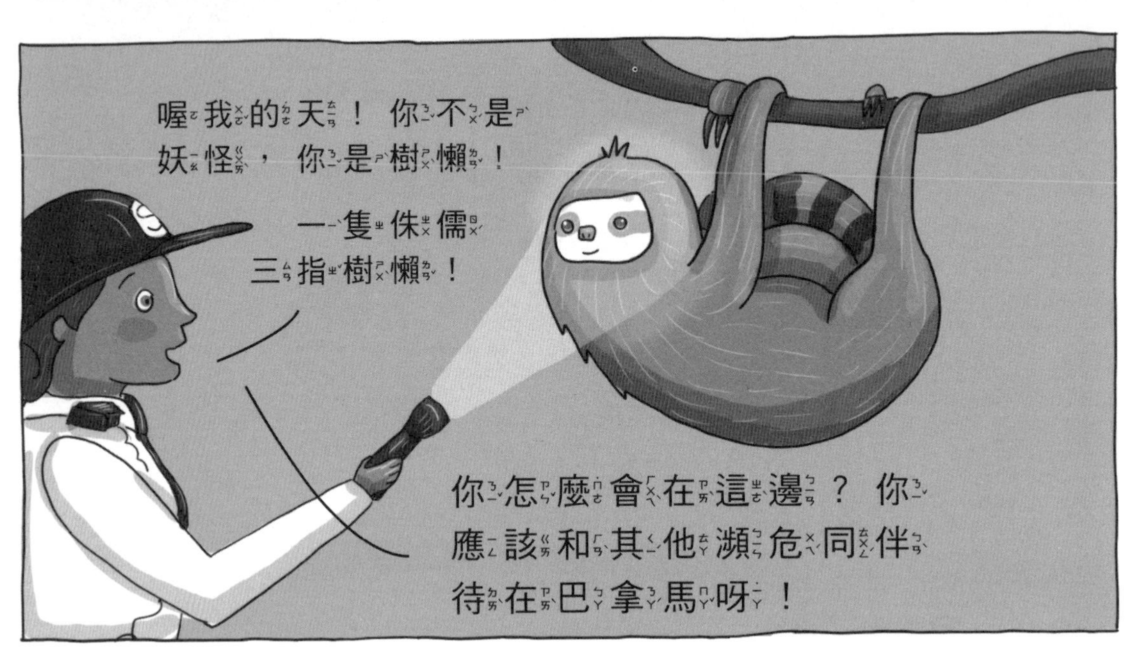
喔！我的天！你不是妖怪，你是樹懶！
一隻侏儒三指樹懶！
你怎麼會在這邊？你應該和其他瀕危同伴待在巴拿馬呀！

不過，你真的超級可愛！你知道是什麼東西發出那個可怕的噪……

吼ㄏㄡˇ喔ㄛ！

哇ㄨㄚ！原ㄩㄢˊ來ㄌㄞˊ是ㄕˋ你ㄋㄧˇ！
叮鈴
叮鈴

你ㄋㄧˇ的ㄉㄜ˙肚ㄉㄨˋ皮ㄆㄧˊ還ㄏㄞˊ真ㄓㄣ圓ㄩㄢˊ。
我ㄨㄛˇ想ㄒㄧㄤˇ這ㄓㄜˋ表ㄅㄧㄠˇ示ㄕˋ你ㄋㄧˇ在ㄗㄞˋ這ㄓㄜˋ裡ㄌㄧˇ很ㄏㄣˇ開ㄎㄞ心ㄒㄧㄣ又ㄧㄡˋ健ㄐㄧㄢˋ康ㄎㄤ。

吼ㄏㄡˇ喔ㄛ！
嗯ㄣˋ，起ㄑㄧˇ碼ㄇㄚˇ算ㄙㄨㄢˋ是ㄕˋ健ㄐㄧㄢˋ康ㄎㄤ啦ㄌㄚ˙。

笑一個！我需要拍張照片給館長看看。

收件人：博物館館長
寄件人：警衛
主旨：看看我找到什麼了！

我本來以為我又看到那隻煩人的浣熊了。

結果原來是侏儒三指樹懶！

誰想得到樹懶可以跑那麼快？

安全了。我們回家吧。

葛瑞絲，你運氣真好。
我在想尼夫拉克，還有他如何假裝成我的樣子。

說到尼夫拉克……

章魚常識
你知不知道章魚……
• 可以迅速改變顏色和形狀
• 有八條腕足，附有吸盤
• 如果腕足被截斷，會重新生長
• 沒有骨架，代表可以擠進狹窄的空間
• 短時間內可以在陸地上存活
• 肉食性，吃貝類為生
• 受到驚嚇的時候會噴「墨汁」
哇……
海藻章魚
Abdopus aculeatus
印度洋＆太平洋
晚點見，
尼夫拉克！
掰嘍。

他只解開了四面！我覺得，如果我有八隻手，現在早就全都破解了。

我希望他可以留點巧克力給我。
我確定他會的。

第十二章　恐怖故事的結局

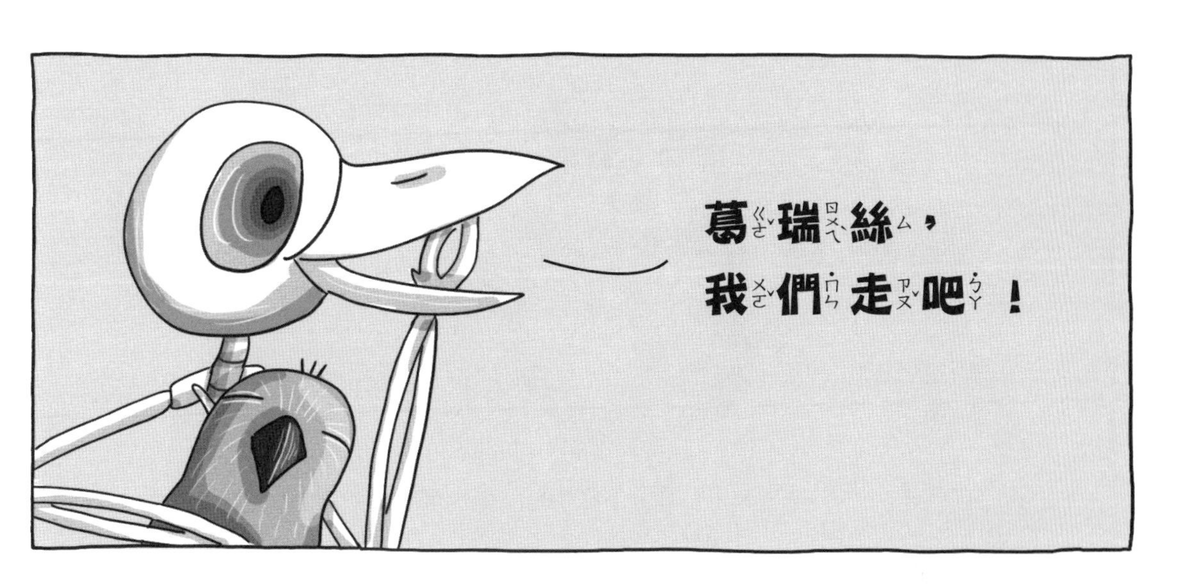
葛瑞絲，
我們走吧！

我們為什麼要回暗礁到海岸展？我們不是已經破解謎團了。

兩個謎團都解開啦！

還是有三個謎團？

沒錯、沒錯！好了，能不能請你抱華茲一下？

我也不知道他有什麼打算。

我只是需要拿幾樣東西。
哈囉，我叫

暗礁到海岸
雨林生態區
我們走吧！

章魚
環境豐富
計畫
章魚需要心理和生理的刺激，才能保持健康和快樂。
我們的章魚熱愛玩具、遊戲和謎題。今天，牠的最愛是哪個？
• 如果腕足被截斷，會重新生長
• 沒有骨架，代表可以擠進狹窄的空間
• 短時間內可以在陸地上存活
• 肉食性，吃貝類為生
• 受到驚嚇的時候會噴「墨汁」
海藻章魚
Abdopus aculeatus
印度洋&太平洋
嗨，
尼夫拉克。

嘿，尼夫拉克！
別再玩那個玩具了！
喔，哈囉。

新池子新氣象，我們帶了禮物送你。
哈囉，我叫
尼克拉克

還有一條毛巾，你可以用來把自己打理乾淨。
好喔……謝謝你們。
哈囉，我叫
尼夫拉克
海藻章魚
Abdopus aculeatus
印度洋＆太平洋

骨爾，你確定這樣好嗎？

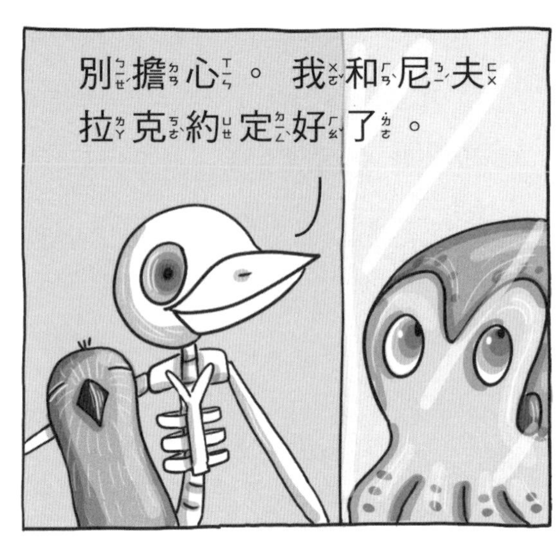
別擔心。我和尼夫拉克約定好了。

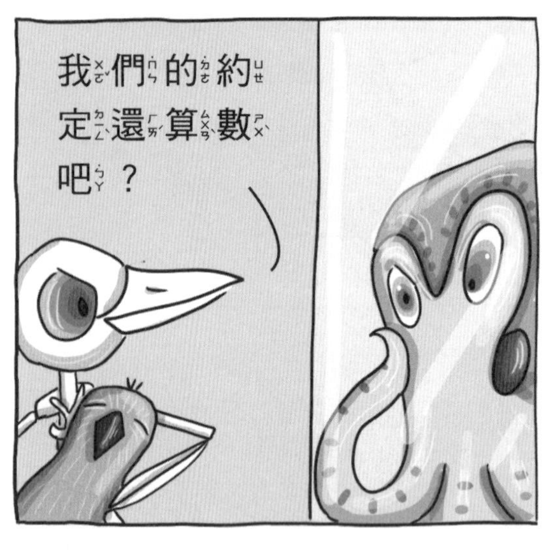
我們的約定還算數吧？

一言為定，我只會對這些池子做點小小調整。

我們並不擔心池子的事，尼夫拉克！

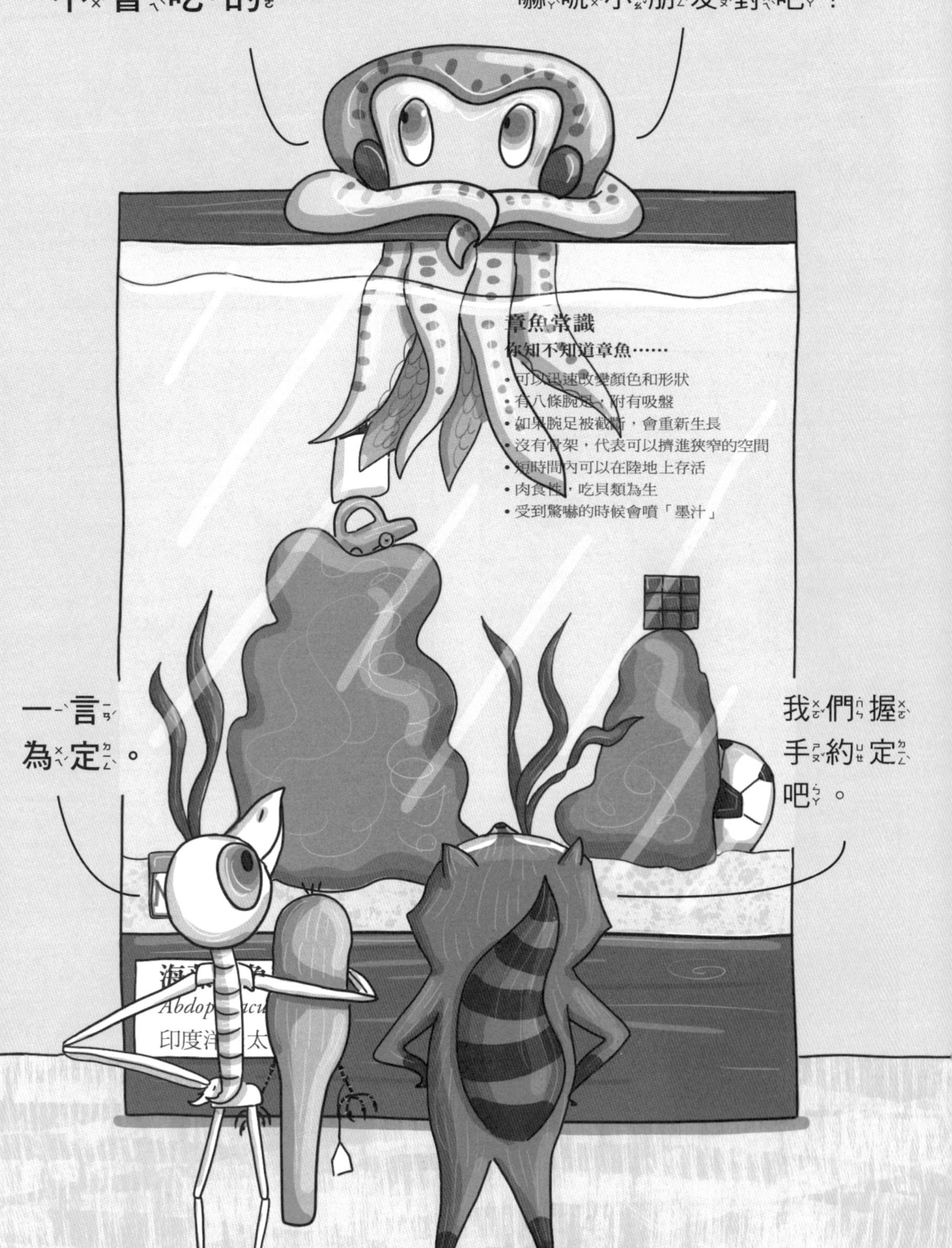

好啦！我誰都不會吃的……
可是我還是可以嚇唬小朋友對吧？
章魚常識
你知不知道章魚……
• 可以迅速改變顏色和形狀
• 有八條腕足，附有吸盤
• 如果腕足被截斷，會重新生長
• 沒有骨架，代表可以擠進狹窄的空間
• 短時間內可以在陸地上存活
• 肉食性，吃貝類為生
• 受到驚嚇的時候會噴「墨汁」
一言為定。
我們握手約定吧。

都握到啦！
尼夫拉克，
晚點見。

骨爾，現在要去哪裡？
我們要說再見了。

說再見？
警衛看到我了嗎？
她要叫滅除害蟲的人來？

拯救侏儒三指樹懶

嚴重瀕危：在野地裡只剩不到100隻

有哪些威脅？

棲地破壞
非法捕捉和狩獵

侏儒三指樹懶有什麼特殊的地方？

牠們是游泳高手
牠們是體型最小的三趾樹懶
一般的家貓比侏樹懶還重
只有在南美洲外海的一座小小島嶼上才找得到牠們

Bradypus pygmaeus

樹懶的幾項事實

樹懶的毛皮上會長出藻類，讓牠們看起來綠綠的
吃草不僅難以消化，能提供的養分也很少
樹懶移動得很慢，但牠們很適應吊掛樹上的生活
動作緩慢加上偽裝得宜，讓牠們免於掠食者的侵害
牠們每週會從樹上下來排泄一次
樹懶和蛾彼此互惠共存

牠必須回到巴拿馬，和紅樹林裡的其他同伴相聚。
我會想念牠的。

可是我不會想念這些蟲子。

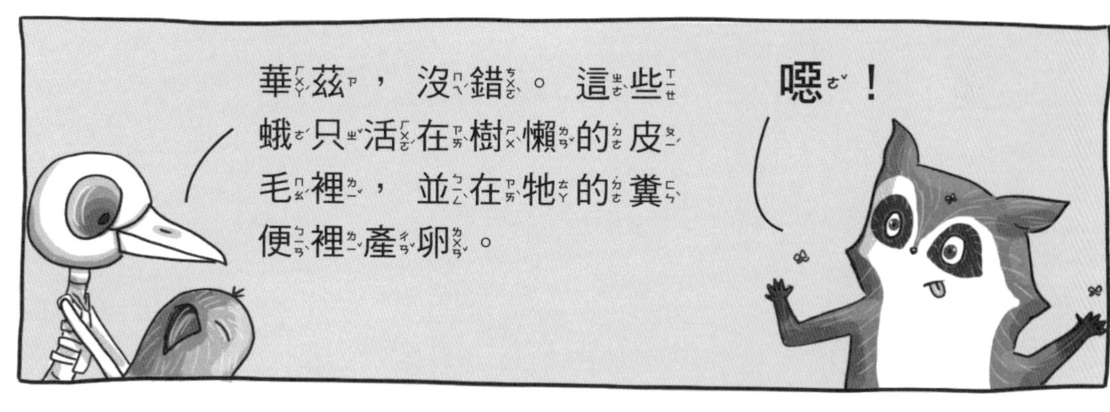
華茲，沒錯。這些蛾只活在樹懶的皮毛裡，並在牠的糞便裡產卵。
噁！

意思是，這些一直在我身邊繞的蛾，本來在糞便裡！骨爾，你沒有皮毛，真是太幸運。

用這種方式結束這場探險，
還滿不錯的，對吧？

吼ㄏㄡˇ鳴ㄨ！

感謝的話

我很幸運能夠身為世上最優秀寫作團隊的一員，十分感激他們經年以來的鼓勵和支持……最重要的是，我請他們一次又一次（再一次）反覆閱讀《骨爾摩斯》，他們毫無怨言。感謝 Scott、Alison、Victoria、Vair、Lucinda、Adam、Caz、Chrissie、Hana、Cat、Michelle 和 Robyn；萬分感謝 Jude，她在寫作早期提供精闢評語與建議；也非常感謝我的前任經紀人 Jill，謝謝你明白我就是非得寫這本書不可，而不是投入其他創作。我很感激我的編輯 Susannah，她完全懂《骨爾摩斯》；也要感謝 Allen & Unwin 的神奇團隊，讓這本書得以成形（謝謝各位）！特別要感謝我的兒子 Calvin 以及我的丈夫 Eric，他們是我以及骨爾摩斯最熱情的啦啦隊與支持者——我愛你們

作者介紹

芮妮在二〇〇七年抵達澳洲不久後，在布里斯本昆士蘭博物館的茶色蟆口鴟骨骸展覽裡，第一次遇到骨爾摩斯（怕你好奇，芮妮上次檢查的時候，骨爾摩斯還在那裡）。過了幾年，芮妮走訪墨爾本博物館之後，這個故事逐漸成形，這座博物館提供了完美的背景以及罪犯角色設定。（是的，牠也依然在那裡。）

雖然芮妮在澳洲住了超過十年，這個神奇國家的野生動植物和文化依然讓她著迷不已。她的故事和插畫受到大自然的啟發，也受到她環境科學背景的影響。芮妮沒在寫作或畫插畫的時候，就是在灌木林裡或海灘上散步，以及跟家人一起探索博物館。她目前跟丈夫、兒子和一隻瘋狂小狗，一起在維多利亞省美麗的衝浪海岸生活與工作。

知識讀本館

博物館偵探骨爾摩斯2：沼澤妖怪的傳說

SHERLOCK BONES AND THE SEA CREATURE FEATURE

作繪者｜芮妮・崔莫（Renée Treml）
譯者｜謝靜雯
責任編輯｜詹嬿馨、曾柏諺
美術設計｜李潔　行銷企劃｜陳詩茵

天下雜誌群創創辦人｜殷允芃
董事長兼執行長｜何琦瑜
兒童產品事業群
副總經理｜林彥傑
總編輯｜林欣靜　版權專員｜何晨瑋

出版者｜親子天下股份有限公司
地址｜台北市104建國北路一段96號4樓
電話｜（02）2509-2800　傳真｜（02）2509-2462
網址｜www.parenting.com.tw
讀者服務專線｜（02）2662-0332　週一～週五：09:00~17:30
傳真｜（02）2662-6048　客服信箱｜bill@cw.com.tw
法律顧問｜台英國際商務法律事務所・羅明通律師
製版印刷｜中原造像股份有限公司
總經銷｜大和圖書有限公司　電話：（02）8990-2588

出版日期｜2022年5月第一版第一次印行
定價｜380元
書號｜BKKKC201P
ISBN｜978-626-305-204-8（平裝）

國家圖書館出版品預行編目資料

骨爾摩斯2：沼澤妖怪的傳說／／芮妮．崔莫(Renée Treml)作．繪；謝靜雯譯．-- 第一版．-- 臺北市：親子天下股份有限公司，2022.05. 288面；17×23公分．--（博物館偵探骨爾摩斯；2）
注音版
譯自：Sherlock bones and the sea creature feature
ISBN 978-626-305-204-8（平裝）

887.1599　　111003874